KB118472

갈수록 자연이 되어가는 여자
김상미 시집

문학동네시인선 183 김상미

갈수록 자연이 되어가는 여자

시인의 말

다섯번째 시집을 묶는다.

내 시가 꼭 오늘날의 이야기가 아니라 해도
몇백 년 전에 이미 죽은 사람들의 이야기라 해도
설사 시가 아니라 해도
삐뚤삐뚤, 비틀비틀, 넘어지고, 엎어지면서도
나는 계속 시를 써왔다.
아무도, 아무것도 아닌 내가
한 편의 시로 다시 태어날 때마다
나는 내 시 안에 뿌리내린 세상이, 사람들이, 사물들이
너무나 고맙고 행복했다.
문학이라는 그 사나운 팔자가.

2022년 11월
김상미

차례

4부 세상 같은 건 더러워 버린 그대와

1부

신(神)이 아픈 날 태어난

다중 자화상

나는 과거의 풀들을 베어내
무덤을 만드는 사람
그 위로 검은 모자를 던지는 사람

역겹다, 역겨워 깨어져 피 흘리는 술잔들로
오만한 미래를 짓이기고
그립다, 그립다 뒤돌아보는 바람으로
소금 기둥 만들어

빨갛고 노랗고 파랗고 하얀 사람들
무겁고 뚱뚱하고 홀쭉하고 가벼운 사람들
뒤틀리고 강퍅하고 쇠약하고 발칙한 사람들
착하고 여리고 눈물겹고 아련한 사람들
덕지덕지 서럽고 비열하고 병들고 늙은 사람들

모두, 모두에게
설탕에 절인 설탕보다 더 달콤한
소금 기둥 속 설탕 그릇을 내미는 사람

비 내리는 이른아침
갈 곳 없어 서성이는 사람들을 위해
하루종일 공동묘지 활주로에서 기다려주는 사람

매일매일 외로운 밥을 먹는 사람들을 위해
뜨겁고 강렬한 희로애락 믹서기에 갈아주는 사람

어제도 오늘도 내일도 없이
죽은 자가 남기고 간 건물 위에
새집을 짓고
나에게 있는, 나만이 가진 재료로
날마다 지구를 돌고
지구 위에 남은 내 흔적을 지우는 사람

살기 위해 주먹을 쥐면
엉겨붙은 피처럼 어둠이 손안에 가득한 사람
그 어둠을 내 몸처럼 아끼고 사랑하는 사람

죽어도 산 것 같고 살아도 죽은 것같이
너를 사랑하고 그린 눈으로 사람들을 바라보는 사람

온몸에 달린 창문으로 새들을 날려보내고
다시 돌아온 새들은 구워서 먹는 사람

언제나 배가 고파
신(神)의 살과 피 꾸역꾸역 뜯어먹는 사람

천국과 지옥이 한줌 먼지처럼 너무나 공허해서
날마다 울부짖으며 천 갈래 만 갈래로 찢어져
마침내 죽는 사람

미스터리

모든 꽃은
피어날 땐 신을 닮고
지려 할 땐 인간을 닮는다

그 때문에
꽃이 필 땐 황홀하고
꽃이 질 땐 눈물이 난다

밖에는 비가 내리고

밖에는 비가 내리고
우리는 아직도 침대에 있다
끝도 없이 계속되는 애무
사랑의 이름으로 우리가 할 수 있는
유일한 명분

창문을 두드리며 우리를 염탐하는 빗방울들
벗어놓은 옷과 양말들
들끓는 책과 화분들
벽에 걸린 채로도 잘도 익어가는 저 먼 정글의
향기로운 과일들

밖에는 비가 내리고
우리는 아직도 침대에 있다
얼마나 놀라운가
두려움 없는 사랑은 부재를 모른다
그래도 잠시, 호흡을 조절하자
한 번도 제자리를 떠난 적 없는 사랑은
우리의 욕망이 아무리 흘러넘쳐도
모든 걸 다시 제자리로 갖다놓는다

그동안 우리는 몇 번을 더 사랑할 수 있다
외로운 한 존재가 다른 외로운 한 존재를 열망하는

가슴 뭉클한 허기를 한순간도 놓치지 말자

밖에는 비가 내리고
우리는 아직도 침대에 있다
무엇이 두려운가
장미꽃이 활짝 피려면 한참을 더 기다려야 한다

단 하나의 방

나는 듣고 있네 단 하나의 방
뜨거운 피 뜨거운 가슴 뜨거운 몸
제발 꼭 안아주세요 말하는 사람 하나 없는
바다 밑 외로운 해초 같은 단 하나의 방

문을 열면 조롱의 칼잡이 세상의 문화가 그대로 보이고
9월의 늦은 저녁 강에 닿지 못한 죽은 연어들의 착한 비
린내 진동하고
언덕 끝 보리수나무에 새긴 너와 나의 맹세
추적추적 내리는 빗물에 지겹도록 으깨지고 참담하게 으
깨지고

나는 듣고 있네 단 하나의 방
구석구석 쌓이는 먼지는 우아한 우주의 또다른 파편인가
잃을 게 아무것도 없는 자의 열광인가
햇볕에 그을린 두 발로 아무리 발버둥쳐도
세상의 온갖 나쁜 공허 미친 접착제처럼 찰싹 들러붙는
단 하나의 방

푸드덕푸드덕 몸속에서 날갯짓하는 새의 부리에
날마다 영혼 찢기면서도
예술의 이름으로 흐르는 피를 닦아내고
루비처럼 붉은 사념의 폭포수에

남은 인생 몽땅 빠뜨리고 빠뜨리는 단 하나의 방

비바람 밀려올 때마다 땅을 울리고 풀을 울리고 구름을
울리는
광활한 초록 들판을 가진 사람과 사귀고 싶어
우두커니 창가에 서서 바라보는
아직은 너무나 젊고 너무나 적막한 단 하나의 방

숲에서 길을 잃고 대도시의 한가운데서 길을 잃고 무거운
머릿속에서 길을 잃고도 그 깊은 강을 헤엄쳐온 생일 케이
크의 반가운 손
그 손을 잡고 아, 한 번은 꼭 살아야 하는, 꼭 살고 싶은
단 하나의 방

노란 은행나무들이 새 삶을 위해 잎과 열매를 떨어뜨리는
기분좋은 가을,
그 길목에서 나는 아직도 듣고 있네
아주 어린 소녀였을 때 읽었던 너의 시
언어가 처음 내게 입맞춤하며 들려주었던 아름다움의 끝
집,
나와 너무나 가까워 마치 내가 나를 바라보는 것 같은
단 하나의 방

거기, 누가 있나요?

한 살, 한 살 먹은 나이 뒤
거기, 누가 있나요?
피는 꽃보다 지는 꽃이 더 많고, 꽃이 피어야 할 땐 가뭄
이 계속되는 내 가슴속
거기, 누가 있나요?

누군지 모르지만 날마다 당신들을 쓸어내고 청소해요
절망으로 김 모락모락 오르는 하수구 뚜껑을 열고
온종일 그곳에다 당신들을 버려요

했던 말 또 하고 했던 말 또 하는 공허한 입술 끝
거기, 누가 있나요?
내 안에서 사체처럼 썩고 있는 희망찬 말과 말 사이사이
거기, 누가 있나요?

누군지 모르지만 제발 말 가지고 장난치지 말아요
차라리 모두 다 태워 하얀 재 만들어
그것으로 옷 해 입고 유령처럼 킬킬대며 나랑 놀아요
말 때문에 유령이 된 사람들 너무너무 많아요

밤낮으로 태양 대신 낮은 스탠드 불빛 아래
좋았던 사람들의 목 하나하나 치며 뭉크의 그림처럼 절규
하는 그림자 뒤

거기, 누가 있나요?

시도 때도 없이 막무가내로 자라는 병든 머리카락 속에 분노의 코를 처박고

제 자신의 그늘만 씹어 삼키는 어두운 커튼 뒤

거기, 누가 있나요?

누군지 모르지만 제발 세월에 뭉개진 연민의 심장 소리는 내지 말아요

참된 세상 호흡하지 못하고 죽어가는 사람들의 수치심은

맛있게 잘 구운 빵처럼 아무 짓도 저지르지 못해요

열망하는 마음을 통째로 빼앗긴 그들이 무엇을 하겠어요?

꿈에서조차 꺾이고 부러져 물구나무서서 세상 바라보는 재미조차 못 느끼는 비정의 뒷길

거기, 누가 있나요?

디리오 상이미지의 페니스를 입에 물고 피범벅된 공포로 흐느끼는 어린양의 요람 뒤,

거기, 누가 있나요?

누군지 모르지만 제발 정체를 보여줘요

세상의 착한 돼지들이 모두 썩은 옥수수밭을 달리고 있어요

세상의 어머니들이 모두 젖꼭지에서 검붉은 피를 철철 흘

리고 있어요

사악한 영혼, 싸구려 환상들이 푸른 나무들을 좀먹고 분노한 바다들이 다정한 배들을 삼키고 있어요

철없는 아이들의 얼굴이 출세로 살균된 어른의 얼굴처럼 모두 백지장으로 변해가고 있어요

그런데도 거기, 그림자의 그림자처럼 숨죽여

세상 나쁜 뱀이란 뱀은 모두 다 불러모아 다시 풀어주고 있는

거기, 누가 있나요?

거기, 누가 있나요?

포커 치는 개들

남자다운 척, 남자다운 척, 남자다운 척 있는 대로 폼 잡다 어른이 된 남자와 여자다운 척, 여자다운 척, 여자다운 척 있는 대로 내숭 떨다 어른이 된 여자가, 결혼한 지 십오 년 만에 큰 집을 장만했다며 우리를 초대했다. 근사한 정원인 척하는 잔디밭과 몇 그루 꽃나무를 지나 실내로 들어서니, 우아하고 세련된 척하는 가구들과 전문가 뺨치는 오디오 시설에 영상 기기들까지 척, 척, 척 설치해놓고, 자랑스레 우리를 반기며 아주 행복한 척, 에로틱한 척 은밀한 침실까지 슬쩍 보여주었다. 우리는 부러운 척, 탐나는 척 어머, 어머, 감탄사를 남발하며 아주 모던하고 담백한 척 건강미를 뽐내는 식탁에 둘러앉아 맛있는 척, 즐거운 척, 황송한 척 밥을 먹고 차를 마시고, 제각기 준비해간 선물 보따리를 풀며 마치 그들의 행복이 곧 우리의 행복인 척 환하게, 환하게 웃다가, 거실 한가운데 떡하니 걸려 있는 C. M. 쿨리지의 그림 〈포커 치는 개들〉과 눈이 딱 마주쳤다. 어머머, 저 개들 좀 봐. 개들인 주제에 인간인 척 열심히 포커 게임중이네. 기분 묘하게도 우리처럼 딱 일곱 마리네. 하기는 요즘엔 인간이나 개나 크게 다를 바 없는 세상이니 개가 인간인 척한다고 놀랄 일도 아니지. 우리도 저들처럼 신나게 포커나 한판 칠까? 그러자 쪼르르 카드를 가지러 가는 주인 부부. 하긴 오늘 우리가 척, 척, 척하며 그들에게 흔들어댄 꼬리만 해도 얼마냐. 졸지에 인간 아닌 척 신나게 포커 치는 개가 된다 한들⋯⋯

한겨울, 버섯 요리를 하며

춥다. 한겨울 날씨는 살을 엔다. 이런 날은 버섯 요리를 하자. 어제 읽은 책*에 적힌 그대로 큰갓버섯 요리를 하자. 젊음을 모르는 큰갓버섯. 하얀 털모자를 쓰고 땅에서 올라오지만, 땅속에서 이미 늙어버려 땅 위에선 노파로 살아야 하는 큰갓버섯을 다듬으며 나는 내가 아는 버섯 이름들을 생각나는 대로 소환해본다.

거친껄껄이그물버섯, 구릿빛무당버섯, 구름버섯, 꾀꼬리버섯, 노루궁뎅이버섯, 어린말불버섯, 깔때기무당버섯, 웃음버섯, 주사위환각버섯, 냄새무당버섯, 구멍장이버섯, 알광대버섯, 독우산광대버섯……

하나같이 이름들이 희한하게 재미있고 자연 친화적이다. 그중 광대버섯, 독버섯 중에서도 가장 독종인 광대버섯을 맛나게 요리해 먹는 여자 둘을 만났다. 어제 읽은 책에서. 죽음의 모자, 파괴의 천사라 불리는 그 독버섯을 먹고도 죽지 않는 여자들. 그들은 마녀일까? 성녀일까? 그들과 사귀고 싶다! 나는 나도 모르게 열에 들떠 책을 끌어안았다. 치명적 독을 능가하는 여자들. 한겨울 날씨처럼 아름다운 여자들. 순수한 독. 그 순수한 어둠과 빛을 온몸으로 다 소화해내는 여자들. 에밀리 디킨슨의 시 같은 여자들. 갈수록 자연이 되어가는 여자들. 나는 그 가까이에도 못 가봤지만, 그래도 정말 그들과 사귀고 싶다! 눈 덮인 한겨울, 깊고 깊은 산 적막 같은 여자들. 그들처럼 나도 독버섯을 먹고 그들 곁에 나란히 누워 꿈꾸듯 밤하늘의 별들을 헤아리다 잠

들고 싶다.

　남십자성과 기울어진 국자, 전갈과 도마뱀, 거꾸로 선 게와 사냥개, 안드로메다와 카시오페이아, 물고기와 처녀, 페가수스와 작은곰, 오리온과 엎질러진 물병, …… 그리고 멀리서 들려오는 파도 소리, 파도 소리.

* 올가 토카르추크, 『낮의 집, 밤의 집』, 이옥진 옮김, 민음사, 2020.

보이지 않는 아이들

내게는 아이가 없습니다
굶주려 죽어가는 아이도 없고
가미카제식 총알받이로 사라진 아이도 없고
매맞고 버림받은 아이도 없고
사이버 세계에 빠져 현실에 등돌린 아이도 없고
초고속 오토바이에 이 세상 모든 분노를 태우고
질주, 또 질주해대는 아이도 없고
무뇌아로 태어난 처참한 아이도
……없습니다

내 아이는 모두 다 무덤 속에 있습니다
무덤 속에 누워 있는 게 아니라 겹겹으로 쌓여 있습니다
인간으로 불리기도 전에 싸늘하게 식어버린
하얀 뼈들로 쟁여져 있습니다

누가 그 아이들을 그리로 데려갔나요?
그들의 하얀 뼈들이 수의처럼
지구 위로 떠오르고 있습니다

지금 내가 보고 있는 텔레비전 화면 위로
지금 내가 읽고 있는 책과 신문 위로
부모님 손을 잡고 꽃구경 나온 아이들의 행복 위로
대형 백화점 쇼윈도, 패스트푸드점 화려한 간판 위로

어린이대공원 수많은 인파들의 재잘거림 위로

하나둘 떠오르고 있습니다

너무나 어려 천사조차 되지 못한 아이들
누가 그 아이들을 그렇게 만들었나요?
우리가 힘 모아 앞으로 끌어주지 못한 아이들
지상에 두 발 굳건히 세우기도 전에
목부터 잘려나간 아이들

그런데도 우리는 미다스의 긴 손가락 같은 가위를 들고
그들이 꾸는 꿈이란 꿈은 모조리 잘라내고 있습니다
맑고 푸르게 색칠해야 할 아이들의 얼굴을
검푸르게 칠하고 있습니다
따뜻한 남풍 같은 아이들 마음에 차가운 북새풍을 들이
붓고 있습니나
어른이라는, 오직 어른이라는 그 특권 하나로
저 잔인하고 무자비한 메커니즘의 뇌우 속에서!

엄마의 통장

엄마의 통장을 어떻게 하나?
내 통장 상자에 아직도 들어 있는 엄마의 통장
이제는 쓸 수 없으니 버려야 하는데
객지에 사는 딸이 매달 부쳐주는 용돈을
딸이 보내는 반가운 편지인 듯 차곡차곡 모아두었다가
돌아가시면서 건네주시던 그 통장
그 통장의 돈을 형제들과 똑같이 나누면서 펑펑 울었던
아, 우리 엄마의 통장
그 내리사랑을 어떻게 하나?
이제는 훨훨 태워 자유롭게 보내드려야 하는데
아끼고 아껴서 자식에게 되돌려줄 기쁨에
불어나는 통장 액수만큼 몇 배로 검소하셨을 우리 엄마
그 착한 통장을 어떻게 버리나?
일거리가 없는 달엔 하루 한끼만 먹고도 한 번도 거르지
않았던 엄마의 용돈
그 용돈 보내는 재미로 힘내며 힘차게 살았는데
이제는 그 재미 사라진 지도 어느덧 십여 년
은행에 가기 위해 통장을 꺼내는데
그 아래에서 삐죽 고개 내밀며 활짝 웃는 엄마의 통장
나도 모르게 엄마, 은행 다녀올게!
꾸벅 인사하는 나
아직도 엄마의 손길, 엄마 냄새 가득한
착하디착한 그 통장을 어떻게 버리나?

창밖엔 엄마가 그리도 좋아하던 수국이 한창인데
나는 그 수국조차 엄마가 남긴 그리운 유품 같아
눈시울이 자꾸만 붉어지고 붉어지는데

제발 잡히지만 말고

돈 가방을 들고 튀는 여자, 아주 어릴 때부터 온갖 못된 소시지와바나나와하이힐과잭나이프에 짓밟히고, 쫓기고, 유린당하고, 모욕당한 여자, 영화 속이지만 제발 잡히지 말고, 무사히 돈 가방을 들고 캄캄한 마천루, 그 한 가닥 빛 속으로 도망쳐 평생 쓰고도 남을 눈먼돈, 깨끗이 세탁된 돈, 숨기기만 하면 아무도 찾아낼 수 없고 추적이 불가능한 돈, 누구의 돈도 아닌 돈, 아무리 쓰고 또 써도 세금이 안 붙는 돈, 환상의 돈, 제발 잡히지만 말고 원 없이 그 돈 뿌리며 살기를, 그 돈으로 표적 가능한 문신도 지우고, 얼굴도 바꾸고, 비열하고 악독한 자본주의, 그 단말마의 문명이 온몸에 새겨놓은 지독한 상처도 깡그리 지워버리고, 뱃속의 아이와 그 아이를 바라보는 간절한 엄마의 마음으로, 제발 잡히지만 말고 무사히, 영화 속이지만 온갖 개새끼소새끼잡새끼들은 모두 떨쳐버리고, 아무리 격한 폭풍 속이라도 우아하고 세련되게, 아무런 가책도 죄의식도 없이, 돈 가방만 끌어안고 앞으로, 앞으로, 제발 잡히지만 말고, 무릉도원으로, 천국으로, 평범 속으로, 인간답게여자답게엄마답게, 네 천성대로 오래오래 행복하게자유롭게, 제발 잡히지만 말고, 제발 잡히지만 말고……

짝짓기의 바벨탑

짝짓기는 외로운 사냥개, 표적이 잡히면 엄청난 즐거움에 울고 웃는 탐색전, 즐거움이 크면 클수록 넋 잃고 빠져드는 함정 속의 함정, 연속 다발적으로 벌어지는 실수 속의 실수, 다시 한번, 또, 또…… 속으로 이어지는 끝없는 기다림, 혼자서 치르는 한탄의 손가락 꼽기, 슬프고도 슬픈 집중, 딱 한 번 걸린 절호의 찬스 같지만 환영 인사인 동시에 작별인사, 한순간의 유혹과 멋진 감동으로 끝나는, 다시는 미래를 향해 안타를 날릴 수 없는 도박, 옷이 홀딱 벗겨진 환희의 무덤, 모든 예술의 끝과 시작처럼 허무하기 이를 데 없는 파라다이스, 속과 겉이 다른 자살 미수, 행갈이가 전혀 필요 없는 죽음, 천천히 서로가 서로를 죽이는 퍼즐 게임, 모든 아담과 이브가 착각 속에 쓴 철없는 면사포, 신(神)이 인간을 향해 만든 병기 중 가장 성공한 병기, 아무도 피하고 싶어하지 않는 에로스의 화살, 너뿐이야, 내겐 오로지 너뿐이야, 끝없이 펼쳐지는 황홀한 꽃밭 같지만 순식간에 무성한 잡초로 우서시는, 쓰니는 환상, 평생 동안 이마이마한 헛된 호기심 속에 탕진한, 짝짓기의 바벨탑, 그 아래 뻥뻥 뚫린 맹목의 가슴을 부여안고도 새로운 짝짓기를 향해 손 내밀고 구걸하는 너와 나, 짝 잃은 사냥개들의 유원지, 유일하게 인간이 신의 기쁜 장난감이 되어 신의 손에 황망하게 놀아나는!

문학이라는 팔자

어느 날, 아르튀르 랭보는 자신의 분신과도 같은 시를 자신에게서 산 채로 잘라내버렸다. 로베르트 발저는 스스로 헤리자우의 정신병원으로 걸어들어가 이십칠 년간 아무것도 쓰지 않고, 죽을 때까지 종이봉투만 접었다. 실비아 플라스는 꼼짝없이 사로잡힌 시라는 괴물에게서 벗어나지 못해 가스오븐에 자신의 머리를 처박아 넣었다. 아틸라 요제프는 먹고살기가 너무 막막해 달려오는 화물열차에 몸을 던졌다. 조국 광복을 눈앞에 둔 이십팔 세의 윤동주는 일본 후쿠오카 형무소에서 일본인들에 의해 생체 실험을 당했다. 샨도르 마라이는 조국을 등지고 오랜 망명생활 끝에 "세상에 아첨하느니 사색하는 인간으로 사멸하겠다"며 권총 자살을 했다. 하트 크레인은 사랑이라는 환상을 쫓고, 쫓다 무너진 탑이 되어 푸른 카리브해 깊숙이 가라앉았다. 프리모 레비는 그 지독한 아우슈비츠에서도 살아남았으나, '살아남은 자의 아픔'을 견디지 못하고 투신자살했다.

그들은 모두 내가 사랑한 문학, 잉크보다 피에 더 가까운 문학, 세사르 바예호의 시구처럼 '신(神)이 아픈 날 태어난' 팔자들이다.

나는 내가 나 같지 않고, 삶이 삶 같지 않고, 문학이 문학 같지 않고, 친구나 동료가 친구나 동료 같지 않고, 내가 알던 정의신념가치사랑 같은 숭고한 단어들이 내가 모르는 비릿한 단어들로 변해 세간에 마구 유통될 때, 내 존재가 한 없이 작아지고 초라해져 온몸과 온 마음에 비통과 회한뿐일 때, 이 여덟 명의 작가들을 만나러 간다. 그들의 팔자를. 문학에 있어서나 삶에 있어서나 더럽게 불운하고, 더럽게 치열하고, 더럽게 품격 있고, 더럽게 자존이 강했던 그들의 팔자. 나 자신이 위로받으러 갔는데, 오히려 내가 감화되어 울고 나오게 되는 그들의 팔자. 그런 팔자임에도 그 지독한 불운과 죽음을 훌쩍 뛰어넘어 지금도 반짝반짝 빛이 나는 그들의 문학. 그 시퍼런 도끼날에 세례를 받고 오면, 내 팔자 또한 더럽게 춥고, 어둡고, 외롭고, 고달파도, 그들과 함께 계속 문학 속에서 살아갈 수 있다는 희망에 뜨거운 피가 솟구친다. 그 어떤 곳보다도 팔자 사나운, 문학이라는 한 장소에서, 동시에!

우울증 환자

그는 지독한 우울증 환자
의사가 준 알약을 먹고
자신만이 아는 길을 향해 떠난다.
그 길에 한 번도 들어서보지 못한 이들은
지옥처럼 불타고 있다고 말하는 그 길을.

가끔은 꿈속에서처럼 그와 마주칠 때가 있다.
상심의 지렛대 위에 정다운 얼굴들을 올려놓고
그 끝에 앉아 아슬아슬 웃고 있는 듯한.

그때마다 손 내밀어 같이 놀아주고 싶지만
그는 지독한 우울증 환자
입속으로 무수한 알약을 털어 넣으며
몸안에 있는 창이란 창은 모조리 잠그는 사람.

아무리 그에게 이쪽으로 오라고 소리쳐도
따뜻하고 포근한 솜이불 대신
싸늘한 북풍을 여행 가방 가득 쑤셔넣고
심연에 그어놓은 무수한 골목길 따라
언제나 자신에게서 먼 곳, 더 먼 곳으로 떠나는 사람.

사람과 사람 사이로 아름답게 접히는 부분
아무리 그에게 보여주고 입혀주어도

불 꺼진 지하처럼 유독한 마음 안에 모조리 찢어 넣고　—

그는 간다, 언제나 똑같은 자리.
자신을 가두고 또 가두었던 끝없는 고통 속,
새까만 우울 곁으로.

—

동네 서점에서

—할아버지, 시집 한 권 추천해주세요.

—어떤 시집?

—제목 근사한 것으로요.

—제목 근사한 시집이라…… 이게 우리집에 있는 시집의 전부인데…… 아가씨가 직접 골라보게나.

—그러죠. 시집들이 참 예쁘네요.

당신의 이름을 지어다가 며칠은 먹었다/누구도 기억하지 않는 역에서/연인들은 부지런히 서로를 잊으리라/왜냐하면 우리는 우리를 모르고/망할 놈의 예술을 한답시고/서랍에 저녁을 넣어 두었다/당신은 언제 노래가 되지/너와 함께라면 인생도 여행이다/누가 지금 내 생각을 하는가/사랑하라 한번도 상처받지 않은 것처럼/비에 도착하는 사람들은 모두 제시간에 온다/우리 너무 절박해지지 말아요/아직 피지 않은 꽃을 생각했다/괴괴한 날씨와 착한 사람들/지옥에서 보낸 한철/새들은 날기 위해 울음마저 버린다

—어쩜 시집 제목들이 하나같이 다 길고 멋지죠? 마치 근사한 기차에 올라탄 기분이네요.

—그러게. 우리 땐 시집 제목이 대부분 명사였는데…… 제목 긴 게 요즘 추센가보이. 그래, 어떤 걸 골랐소?

—다 멋진 제목들이지만, 그중 제일 짧은 것으로 할래요. 지옥에서 보낸 한철!

—그건 외국 시집인데?

—알아요. 하지만 이 제목이 저와 제일 잘 맞는 것 같아요. 지금 제가 사는 곳이 지옥이거든요.

—젊은 아가씨가 무슨……

—정말이에요. 훨훨 날고 싶은데 날개도 다리도 다 잘린, 하는 일마다 무용지물이 되어버리는, 모든 게 캄캄해서 숨을 쉬고 있는데도 죽은 것 같은, 그런 지옥을 국경 너머 외국 시인은 어떻게 표현했는지, 지금의 제 세계와 어떻게 다른지…… 무척 궁금해지거든요. ……그리고 할아버지, 이 시집 다 읽고 나면 다음번엔 제목에 '천국'이 들어가 있는 시집, 사러 올게요. 꼭 갖다놓으세요.

—허허, 그러지요. 지옥 다음에 천국이라…… 아주 재밌는 아가씨군. 허허.

그리운 아버지

아버지와 나는 직장이 같은 동네에 있었다. 하지만 출근할 땐 따로따로 갔다. 아버지는 택시를 타고 나는 버스를 탔다. 묘하게도 아버지는 집밖으로 나오면 가장 대신 멋진 댄디가 되어 나를 모른 체했다. 그래도 나는 하나도 슬프지 않았다. 어쩌다 길에서 우연히 아버지와 마주쳐도 나는 고개만 까딱할 뿐 누구에게도 우리 아버지야, 말하지 않았다. 비 갠 어느 날, 점심값을 아껴 김수영 시집을 사려고 우유 한 팩으로 점심을 때우고 오는데 아버지의 단골 다방 언니들이 너, 김사장 딸이라며? 어쩐지 참하고 세련돼 보이더라. 우리가 미스 김 칭찬을 많이 했더니, 그애, 내 딸이야, 하시데. 들어와! 우리가 커피 한 잔 맛나게 타줄게. 그뒤부터 아버지는 가끔씩 나를 택시에 태워주기도 하고, 길에서 마주치면 알은체도 했다. 사람들이 나를 칭찬하고 예뻐하니까, 아버지도 내가 달리 보였는지 어느 날은 빳빳한 지폐들이 가득 찬 지갑을 열어 용돈이라며 푸른 지폐를 무려 석 장이나 주었다. 와우! 나는 처음 받아보는 큰 용돈에 보수동 중고 서점으로 달려가 카뮈도 사고, 보들레르도 사고, 최승자, 이성복도 사고, 프랑시스 잠도 사고, 로드 스튜어트와 아바, 조용필도 샀다. 그러곤 밤 깊도록 동생들과 함께 그 음악을 들으며 아버지가 사준 거야, 아버지가 사준 거야, 우리는 너무너무 행복해서 몇 번이나 일어나 박수를 쳤다. 아늑하고 달달한 잠이 우리를 덮칠 때까지.

2부

그저 살아 있는 시체처럼 사시오

반성

깊이깊이 후회해
너를 사랑했던 것
너를 친구라고 생각했던 것
너에게 내 시를 보여주었던 것
너랑 영화관에 갔던 것
너에게 『살아남은 자의 슬픔』을 사주었던 것
네 품에서 알몸이 되었던 것
아무렇게나 던져진 텅 빈 우주에 너를 초대했던 것
너와 함께 비엔나의 숲속에서 치즈버거를 먹었던 것
너에게 가장 친한 내 친구를 소개했던 것
너 때문에 비 내리는 센강에서 울었던 것
너 때문에 불같이 타오르는 꽃잎 하나가 내게로 떨어졌
던 것
너의 모든 말이 거짓인 줄 알면서도 환하게 웃었던 것
네가 한 모든 약속을 모래로 가득 채워 흘려버렸던 것
너를 떠나보내기 위해 나보코프를 읽으며 모나코 나비를
찾아 헤맸던 것
그러고도 네 꿈을 자주 꾸었던 것
그러고도 너와 함께 잘 먹던 꼬투리 완두콩을 아직도 좋
아하는 것
그러고도 이런 시를 쓰고 있는 나
그 모든 것을 후회해
깊이깊이 후회해

짧고도 긴 이야기

들려다오, 평범하지만 강한 사람들의 이야기
인생을 즐기고 사랑하고 섬길 줄 아는 사람들의 이야기
어머니를 사랑하고 아버지를 뛰어넘으려는 사람들의 이
야기
해마다 마음의 집을 수리하고 울타리를 넓히는 사람들의
이야기
아이들의 눈앞에서 나무를 심고, 그 열매로
아이들의 가슴에 지혜롭고 싱싱한 단추를 달아주는 사람
들의 이야기
아름다운 그림 앞에서도 그보다 더 아름답고 소박한 자
신들의 세계에
등줄기 꼿꼿이 세우며 웃는 사람들의 이야기
빠르게 병아리를 채가는 독수리를 향해
그보다 더 빠르게 연민의 화살을 날려
그들을 위해 기도해주는 사람들의 이야기
화려한 꽃들 사이로 배회하지 않고 자신의 행운을
타인의 영광으로 돌릴 줄 아는 사람들의 이야기
자연을 돌보고 군화 대신 성실한 운동화 끈을 다시 매는
사람들의 이야기
인간이 인간으로 숨쉬고, 걷고, 달리고, 헤엄치고, 땀 흘
리다
불변의 행성처럼 반짝반짝 빛나는 이야기……

바얀 고비*에서

바람과 모래
그 소용돌이 안에 누워
태양을 삼킨 꽃잎처럼 흩어지는 너를 느낀다
점점 어두워지다가 점점 밝아지는 가벼움
그 피로 사라지는 너를 쓰고
붙잡은 너를 읽는다

그러나 돌아보지 마라
꽃 진 자리는 너보다 더 검고
불멸을 갈망하는 내 희망보다 더 검다
검은 것은 아무리 오만방자해도
미래로 갈 수가 없다

미래를 탐하다 모래가 된 바람
너를 움켜쥐려다 바람이 된 모래

똑같이 덧없고
똑같이 헛되다 해도
나는 그 한가운데에 누워 온몸으로 너를 느낀다

사막의 계단을 올라오는 네 발자국 소리
사막의 계단을 내려가는 네 발자국 소리

그곳이 비록 세상 끝의 정거장이라 해도
나는 언제나 그곳에서 너를 기다리고 너를 쓴다
점점 더 어두워져 점점 더 빛으로 나아가는 바얀 고비
그 격한 모래바람에 미치고 미친 땅벌레처럼!

* 몽골의 수도 울란바토르에서 서쪽으로 약 삼백 킬로미터 떨어진
곳에 있는 초원 속 작은 사막.

살아 있는 시체들의 나라

치료법이 없소. 진찰을 끝낸 의사가 말했다. 당신의 뿌리는 이미 지루할 정도로 사소해졌소. 본색을 드러낸 이 세상의 공기처럼 병적으로 처닫고 있소. 그들과 친해지면 몸과 마음이 금세 어두워지오. 그들은 이제 인간이 대적할 수 있는 독(毒)이 아니오. 한순간에 심장을 멎게 할 수도 있소. 영혼을 비우시오. 모든 사물을 오로지 있는 그대로 보고, 외출할 땐 꼭 가면을 쓰시오. 맨얼굴은 오해를 불러일으키지만 가면은 절대 오해를 불러들이지 않소. 오래 살고 싶으면 절대 영혼에 기대지 말고 내면의 모든 불협화음을 잠재우시오. 그리고 그냥 끄덕끄덕 웃는 로봇이 되시오. 여전히 이 나라는 벌거숭이 임금님의 나라요. 보이지 않는 것을 보려고 생을 다 허비할 수도 있소. 그냥 편하게 사시오. 편한 것에 재미를 붙이시오. 사람들이 그토록 열광하는 셰이크 안에도 진짜 음식물은 하나도 없소. 모든 게 가짜요. 그런데도 다들 불티나게 좋아하잖소. 그렇게 사시오. 아무리 뼛속까지 타고 들어가 걷고 또 걸어도 인간은 인간일 뿐이오. 그리고 인간만큼 적응력이 빠른 동물도 없소. 그리고 꼭 명심하시오. 외출할 땐 가면이나 마스크, 선글라스를 꼭 쓰는 것. 이 나라는 여전히 벌거숭이 임금님의 나라요. 그 사실에 빨리 적응하시오. 이곳을 나가면 제일 먼저 민감한 감수성에 찬물부터 끼얹고 모든 감각기관의 비상구를 차단시켜 휴가를 보내시오. 몸이 아니라 영혼이 아파서 흘리는 눈물만큼 공허하고 해로운 통증도 없소. 그저 살아 있는 시체처럼 사

시오. 언젠가는 그 풍경이 가장 아름다운 풍경이 될 거요. ⎯
살아 있는 시체들의 나라. 그만한 스릴과 공포가 이 세상 또
어디에 있겠소?

어제의 창문

나는 어제의 사람.
어제의 여자, 어제의 사랑.
모든 내일의 그림들을 끌어모아
어제의 벽에 붙이는 사람.
언제나 어제 속에만 기거하는 사람.
함께 노는 사람들도, 시도, 음악도, 놀이터도, 책도
모든 게 다 어제의 것들뿐.
아무리 오늘의 태양 아래 나를 발가벗겨 세워놓아도
나를 비추는 건 오늘의 태양이 아니라 어제의 남은 빛들.
어제의 꿈, 어제의 이야기들.

나는 내일이 무엇인지 모르기에
피투성이 암흑 속을 걷고 또 걸어
오늘의 수돗물에 피 묻은 몸을 씻고
어제의 꿈들로 내 몸을 소독하는 사람.
그 틈새를 비집고 들어오는 내일의 훈훈한 설렘에도
오늘 불붙어 타오르는 열정에도
누군가의 뜨겁고 지독한 훈수에도 상관없이
묵묵히 피투성이 암흑 속을 걷고 또 걸어서 어제로 가는
사람.
가고 또 가도 그 길이 그 길이고
세상 최악의 불청객인 내일의 빛들이
불타는 내 희망 속에 숨죽인 꿈들을 산산조각 내어도

나는 그냥 어제처럼 왈츠나 추며
쓰러진 자들은 손 내밀어 일으켜세워주고
목마른 자들에겐 내 피를 마시게 해주고
벌벌 떠는 자들에겐 내 외투를 벗어주고
길 잃은 자들에겐 친절한 길을 가르쳐주며

계속되는 사분의삼 박자의 그 리듬 속에서
그 리듬이 열어 보이는 새봄과 푸른 꽃으로 뒤덮인 초원과
목숨이 아홉 개인 길고양이들이 몇백 년 된 탄식의 나무
위에서
어제의, 어제의, 어제의 숙녀들처럼 환히 웃는 걸 바라보
는 사람.
한껏 몸을 부풀리며 스텝을 밟으면서.

내일의 피투성이 문명은 죽은 자들의 뼈 위에서 끊임없
이 세워질 테고
오늘의 피투성이 사랑은 그것을 토해낸 자들의 입술 위에
서 다시 태어날 테니

나는 그저 어제의 그 리듬대로 왈츠나 추며
검은 시간의 유리잔 안으로 하염없이 쏟아지는
모래시계나 바라보는 사람.

어차피 내일이란 뼛속까지 악해야만 살아남는 곳.

그들과 상관없이 나는 어제로 가는 사람.
언제나 가파른 어제의 층계를 오르내리며
이 세상 모든 지나간 꿈들을 모아 왈츠나 추는 사람.
어디에나 있고, 어디에도 없는
그대들이 가차없이 닫아버린 어제의 창문.

녹(綠)의 미학

녹은 쓸쓸함의 색깔
염분 섞인 바람처럼 모든 것을 갉아먹는다

세상을 또박또박 걷던 내 발자국 소리가
어느 날 삐거덕 기우뚱해진 것도 녹 때문이다

내 몸과 마음에 슨 쓸쓸함이
자꾸만 커지는 그 쓸쓸함이
나를 조금씩 갉아먹었기 때문이다

아주 오래된 건물에 스며드는 비처럼
아무리 굳센 내면으로도 감출 수 없는 나이처럼
녹은 쓸쓸함의 색깔
흐르는 시간의 사랑 제때 받지 못해
창백하게 굳어버린 공기

병 속의 편지

벌거벗은 마하*야, 젊디젊은 마하야, 인생은 짧다, 한번 보면 모두가 반하는 네 몸, 그 몸으로 계속 사랑을 나누어라, 인생이란 이 끝없는 사막에서 맛보는 오아시스 같은 섹스, 그 사랑을 붙들고 놓지 마라, 네 몸 위에 누웠다 간 썩은 정신이나 영혼 따위는 신경도 쓰지 말고, 네 팽팽한 젖가슴과 네 탄탄한 허벅지에 와 꽂히는 황홀한 시선들을 즐겨라. 오로지 욕정과 탐닉만을 생각하라, 인생은 짧다, 이 세상에 영원한 사랑 따위란 없고, 일생 동안 변치 않겠다는 누군가를 꼭 간직할 필요도 없다, 사람은 사랑하는 만큼 보이고, 결코 모를 것 같던 사람의 마음도 사랑의 행위 중엔 훤히 다 드러나 보이기 마련, 그러니 너에게 공손히 허리 굽혀 장미를 꺾는 이들, 그들이 네 인생도 꺾어버릴까 두려워 마라, 우리가 사랑이라고 부르는 그 열정의 시작도 그 끝도 사실은 모두 잔혹한 짝짓기에서 이루어지는 것, 그러니 너는 계속해서 사랑만 나누어라, 벌거벗은 마하야, 아리따운 마하야, 곧 무너질 신전도 짓는 게 안 짓는 것보다 낫고, 행복이라는 건 작은 비바람에도 흔들리는 나뭇잎처럼 쉬이 떨어지는 법, 너는 네 몸 위에 누워서 잠들고 싶어하는 모든 어린 양들에게 마음놓고 언제든 치명적인 추파를 던져라, 인생은 짧고, 젊음은 그 한순간뿐, 너는 오로지 너만을 위해 신비로 포장한 관능 속에 누워, 네 휴식을 방해하는 모든 것들에게 앙상하게 뼈만 남은 천국의 무덤을 보여주어라, 아주 부드럽고 고혹적인 솜사탕처럼, 기꺼이!

최승자 시인

저멀리 바람 부는 언덕 위로
그녀가 걸어간다.

최승자 시인.

그녀는 아무리 멀리 있어도
내 마음에서 한 번도 멀어진 적이 없다.

오랫동안 남자들의 시선에 지배 감금당했던 시를
과감히 버리고
오로지 자신의 시선으로 자신만의 목소리로
뜨겁고 명료하고 대담한 여성 시를 창조한 시인.

그 시들이 조금씩 그녀를 좀먹고
급기야는 통째로 그녀를 삼키려 들 때도
언제나 두려움 없는 그녀의 그물 가득 반짝이던
아주 쓰지만 아주 명료하고 독창적인
그녀의 시들.

남몰래 그 시들을 잠 못 이루는 내 오르골에 담아
좋아라, 좋아라, 읽고 또 읽었던
내 문학의 오랜 영양수,

최승자 시인.

그녀가 저멀리 바람 부는 언덕 위를
홀로 걸어간다.

멀리에서 바라만 보아도 빈 배처럼 우아하고
드넓은 평원에 핀 야생화처럼
너무나도 자유로운!

부상당한 천사*

천사가 부상당했다. 부상당한 천사를 두 소년이 들것에 태우고 간다. 천사의 찢겨진 날개와 옷에는 피가 묻어 있다. 천사는 두 소년의 누나이다. 함께 천사 놀이를 하다 너무 깊이 숲으로 들어가 누나를 잃어버렸다. 아무리 찾고 또 찾아도 누나가 보이지 않아 두 소년은 집으로 돌아와 누나를 기다렸다. 그러나 밤이 하얗게 새도록 누나는 돌아오지 않았다. 다음날 두 소년은 숲을 뒤지고 뒤져 누나를 찾아냈다.

누나는 밤새 늑대들에게 물려 피를 흘리고 있었다. 옷은 엉망으로 구겨지고 날개는 한쪽이 찢겨져 있었다. 누나를 달밤에 혼자 두고 오다니, 우리가 미쳤나봐! 두 소년은 엉엉 울면서 들것을 만들어 누나를 태웠다. 너무나 마음이 아프고 화가 났다. 가엾은 우리 누나. 이제 누나는 늑대들에게 물린 상처를 평생 안고 살아야 한다. 다시는 우리와 함께 놀지 못할지도 모른다. 두 소년은 땅이 꺼지고 하늘이 무너지는 듯한 슬픔을 느꼈다.

누나, 우리가 크면 꼭 그 늑대들을 잡아 복수해줄게. 아니야, 그러지 마. 이제 와 복수가 무슨 소용이 있겠니? 앞으로 너희들은 너희들의 천사들을 잘 지키고 보호해주어야 해. 세상은 늑대들투성이이고, 늑대들은 아무리 죽여도 늑대들이란다. 그 힘을 누가 꺾을 수 있겠니? 그러니 너희들은 너희들끼리 서로를 지켜주고 보호해야 해. ……내 눈을

좀 가려다오. 그토록 좋았던 밝고 환한 빛이 이제는 나를 더
상하게 하는구나.

　부상당해 피 흘리는 누나를 들것에 태워 두 소년이 집으
로 가고 있다. 이제 다시는 누나와 천사 놀이 같은 건 하지
못할 거야. 아무리 깨끗이 씻고 닦아내고 소독을 해도 누
나가 늑대들에게 물린 상처는 결코 지울 수 없을 거야. 그
건 우리들에게도 마찬가지일 거야. 소년들은 화가 나서 미
칠 것 같아 처음으로 신을 향해 울부짖었다. 제발, 우리 누
나를 도와주소서!

　그러나 마을이 가까워올수록 소년들도 느낄 수 있었다.
누나에겐 신도 어른들도 아무런 도움이 되지 못할 것이라는
걸. 세상은 늑대들투성이이고, 한번 부상당한 천사는 하늘
에서도 땅에서도 편히 쉬지 못할 것이라는 걸.

　한 소년이 손수건을 꺼내 누나의 피 묻은 맨발을 닦았다.
흰 손수건이 핏빛 손수건으로 변할 때까지. 그리고 그 손수
건으로 검붉게 변한 자신의 눈물도 닦아냈다.

　형아, 우리가 어느 날 눈을 떴을 때, 누나가 없으면 어쩌
지? 늑대들이 남긴 저 상처 때문에 저 슬픔 때문에 우리에
게도 누나가 보이지 않게 되면 어쩌지?

소년들은 갑자기 두려워졌다. 집이, 마을이 가까워질수록 그 두려움은 더욱 커졌다. 어쩌면 우리 누나는 늑대들에게 물린 상처 때문이 아니라 내일, 내일의 우리들 때문에 죽어갈지도 몰라. 부상당한 천사는 이제 천사가 아니라는 우리들의 우매함 때문에 서서히 혼자서…… 지쳐 죽어갈지도 몰라.

　두 소년은 다시 한번 땅이 꺼지고 하늘이 무너지는 듯한 슬픔을 느꼈다.
　신이여, 제발 가엾은 우리 누나를 도와주소서!

* 유고 짐베르크의 그림 제목.

별이 빛나는 밤

　종로2가 알라딘 중고서점에서 황지우 시선집을 이천구백원에 샀다. 횡재다. 아주 싼 커피값에 시에 눈뜨게 해준 정수, 여전히 이 시대의 불행과 비극의 골목길을 온몸으로 버티고 서 있는, 이 뛰어난 시집을 이천구백원에 사다니. 종로점을 나와 버스를 기다리면서도 마음은 자꾸 겨울-나무로부터 봄-나무에게로 달려가고 있었다. 좋아했던 애(愛)시인들은 모두 언제나 그리운 나그네들 같아 어느 날 문득, 다시 찾아오면 그렇게 반갑고 고마울 수가 없다. 온 밤이 별이 빛나는 밤으로 변한다. 수만 수천의 사람들이 반짝반짝 눈을 뜨고 시를 밝히는, 별이 빛나는 밤!

우유부단

나는 이십칠층에서 일해
엘리베이터를 타고 이십칠층에서 내리면
긴 복도 중간쯤 내가 일하는 곳이 있어
그곳에서 나는 잡지나 책에 실릴 글들을 다림질해주거나
잘못 쓴 글들을 수선해줘
때로는 통째로 다 뜯어고쳐야 할 때도 있어
그럴 땐 정말 죽고 싶어져
뻔뻔하게 닳고 닳은 교활한 문장에
반듯한 새 옷을 입혀주는 일
정말 사람으로서 못할 짓일 때가 더 많아
돈 몇 푼에 한줌 남은 내 소중한 햇빛을 헐값에 팔아넘
긴 듯
뼛속까지 파리하게 창백해질 때가 있어
하루는 내 옆에서 일하던 한 여자애가
지독하게 우둔하고 뻔뻔한 글들을 수선하다
이십칠층에서 뛰어내려 하늘나라로 올라가버렸어
아직도 희미하게 핏자국이 남아 있는 그 자리를 지날 때
마다
언제까지 나도 이 짓을 해야 하나
자신만의 고유한 죽음을 갖고 떠난 그 여자애가
은근히 부러워질 때가 있어
그런데도 나는 아직 이 일을 하고 있어
터무니없이 적은 보수에 비위 상해하면서도

그 설움이 뿜어내는 짙은 고단에 콜록콜록 숨막혀하면서도
이십칠층에서 뛰어내릴 용기는 도저히 없어
인정이라고는 눈곱만큼도 없는 시스템 아래
부지런히 재봉틀을 돌리고 빳빳하게 다림질을 하고 있어
뻔히 보이는 진실을 눈뜨고도 못 본 척 조심조심
목구멍이 포도청이라 별수없이 매일매일
우유부단에 찬란한 봄날을 타 마시듯이!

파리에서

파리에서 닷새를 보냈다 너무나 와보고 싶었던 도시
말도로르의 노래처럼 취해서, 엄청나게 취해서
밤새도록 드럼통 세 개 분량의 피를 빤 빈대처럼* 취해서
격한 파리의 숨결, 파리의 공기, 파리의 장소들에 취해서
오랫동안 사랑했던 이들이 아낌없이 살고, 사랑하다, 죽
어 묻힌
몽파르나스 묘지와 페르 라셰즈 묘지에 취해서
보들레르의 악의 꽃, 초록빛 압생트에 취해서
뜨겁게 뜨겁게 취해서
빅토르 위고의 불멸의 꼽추, 카지모도가 에스메랄다를 위
해 울리는
노트르담대성당의 저녁 종소리가 너무나 애절해서
내 곁을 툭 치거나 총총히 사라지는 여인들의 뒷모습이
너무나 보바리 부인을 닮아서
하나둘 불이 켜지는 파리의 카페들
그 안의 수많은 얼굴들이 너무나 내 얼굴같이
목이 말라서
나는 파리에서 영원을 산 것같이 한순간을 산 것같이
화려한 물랭루주의 불빛 아래서 밤새도록 프렌치캉캉을
추고
고흐가 그린 열다섯 송이 해바라기가 정념에 물든 악기처
럼 꽂혀 있는 빵집에서
다급하게 배고픈 크루아상을 씹으며

아, 위대한 예술가들, 이들처럼 현세나 내세의 경계 따
위 없이

나도 이 순간을, 지금 이 순간을 멋지게 즐기자며

그들에게 취해서 엄청나게 취해서

파리에서 닷새를 보냈다

아폴리네르의 센강과 미라보 다리에 취해서

불 켜진 에펠탑 아래 행복한 신랑 신부들에게 취해서

개선문에서 바스티유광장까지 지친 다리를 질질 끌며 걷는

나 자신에 취해서, 제정신이 아닐 정도로 취해서

아, 파리에 오길 잘했다며 환호의 콧노래까지 흥얼거리며

문 닫힌 셰익스피어 앤드 컴퍼니에서 격렬한 권투 글러브
를 목에 건 헤밍웨이가

스콧 피츠제럴드, 제임스 조이스와 마시는 술에 취해서

뼛속까지 자유롭고 솔직한 그들의 삶, 그들의 욕망, 그들
의 열정에 취해서

나를 잊고서 나를 초일하여 너무나 달콤한 환영과 도취
속에서

내가 살던 곳으로부터 아주 멀리 떨어져나온 행복한 꼬
마 모험가처럼

기웃기웃, 성큼성큼, 터벅터벅, 아쩔아쩔, 살금살금, 콩당
콩당, 깡총깡총, 아삭아삭

어떤 지도도 나침반도 필요 없이

계속해서 내 눈에서 다시 살아나는 옛 시대, 아름다운 예

― 술의 도시
　　그 가슴 벅찬 파리의 유산에 취해서 그 위력에 취해서
　　구두창이 다 닳도록 돌아다니고 돌아다니며
　　내 마음속에선 그 이름만으로도 날마다 축제인
　　그 놀라운 파리의 광휘 속에서
　　자아도취의 불구두와 랭보산(産) 바람구두를 번갈아 갈
아 신으며
　　나를 방기하고 현실을 방기하는 꿈같은 호사를 누렸다
　　너무나도 와보고 싶었던 파리에서 닷새를!

* 로트레아몽, 『말도로르의 노래』, 이동렬 옮김, 민음사, 1977.

자작나무 타는 소년
―L 시인에게

L 시인은 웃기고 이상한 에고(ego)로 한없이 불편하고 냉소적인 이 시대에 아직도 내게 구식으로 안부를 묻는 시인이다. 그는 나를 누님이라고 부른다. 아무 말 없이 자신이 좋아하는 노래와 그림을 카톡으로 보내고 자신의 시를 찍어 보내기도 한다. 어떤 날은 등산길에서 발견한 네잎클로버를 내 가슴에 심어주기도 하고, 야생 오리들이 꽥꽥 서로를 핥아주는 홍제천에서 이 나라의 음흉하고 야비한 정치판에 화가 나 진저리칠 때도 그는 달달한, 슬픔을 단번에 기쁨으로 바꿔줄 기세로 누님, 제발 아프지 마세요! 몇 번이나 단비처럼 내 창을 부드럽게 적신다. 그는 집안의 가장이면서 주부다. 이불 빨래를 하고, 김치를 담그고, 반찬을 만들고, 국을 끓인다. 그 음식 냄새가 홍제동까지 밀려와 깜빡했던 배고픔에 나도 모르게 수저를 들고 밥을 챙겨 먹는다. 그러곤 그의 시집을 펼쳐 접어놓은 시들을 다시 읽는다. 그러면 저 먼 곳으로부터 한 소년이 다가온다. 여름이나 겨울이나 혼자 노는 어떤 소년*, 자작나무를 타고 높이높이 올라갔다가 다시 땅 위로 내려와 시를 쓰고, 그 시를 햇볕에 말리려고 진심을 다해 자작나무를 휘어잡는 통 큰 바람소리를 온몸 온 마음으로 지켜내는 한 소년. 내 어릴 적 그리운 구식 시인의 초상!

* 로버트 프로스트의 시 「자작나무」 중에서.

분노하는 지구

계속되는 미얀마의 군부 쿠데타
어느새 백 일을 넘었다.
그동안 칠백팔십여 명의 민간인이 사망하고
사천 명이 넘는 사람들이 체포, 구금되었다.
오늘도 저항 시인 한 명이 죽었다.
켓티라는 이름의 시인.
그는 국민을 향해 조준 사격을 멈추지 않는 군부에
총 대신 시로 저항하기 위해
오래 다닌 직장의 엔지니어 일을 그만두고
아이스크림과 케이크를 만들어 팔았다.
그가 원하는 건 영웅도 순교자도 아닌
그저 양심이 깨끗한 사람으로서 누리는 민주화.
그 포부 하나로 그는 사람들 앞에서 자신의 시를 읽었다.

ㅡ군부는 우리의 머리에 총을 쏘지만
우리의 저항 정신은 심장에 있기에
영원히 살아 있을 것이다ㅡ

그 때문에 그는 어느 날 밤 군경에게 체포되어
밤새 가혹한 고문을 당하고
그다음날 심장과 함께 모든 장기가 도려내진
싸늘한 시신으로 변했다.
얼마나 극심하고 비인간적인 고문이 있었기에

모든 장기가 다 파열되는가?
그는 단지 군부에 저항해 시를 썼을 뿐인데
그 군부에 의해 싸늘한 주검으로 변했다.
어떻게 이런 일이?
우리에게도 그런 잔인한 봄날의 상처와 아픔이 있기에
우리는 우리 일처럼 가슴 졸이며 티브이 앞에 앉아
무자비한 군부의 총칼 앞에 시민들이 국민들이 쓰러지는
걸 바라보았다.
두 눈 뜨고 주시하고 기억하는 것.
그것밖에 도울 길이 없어
그것밖에 할 수 있는 일이 없어
시인의 심장이 도려내지고
시민의 머리가 깨지고 온몸에 피멍이 들고
가슴에 시커먼 총탄 구멍이 생겨나는 걸
안타까움과 기도로 바라보고 또 바라보았다.
끝도 없이 되풀이되고 또 되풀이되는
야만과 악행, 고통으로 얼룩진
인간의 역사
분노하는 지구를!

3부
연포탕을 닮은 문어탕을 먹는다

너에게만 말할게
—다시, 취한 배 위에서

너에게만 말할게, 나는 스물한 살에 취한 배에 올라탔어, 그때는 모든 게 취해 있었고 취하지 않으면 살 수가 없었어, 모든 게 내 마음속 빛나는 긍정을 빼앗고 노골적으로 내 운명을 절대 회의 속에 집어넣으려 했어,

나는 도망치고, 도망치고, 도망쳤어

이상한 나라의 대로에서 마주친 붉은 달빛을 허리에 차고 어둠의 피를 남김없이 탕진하고 탕진하리라 맹세하며 젊디젊은 내 치마 밑 매끄러운 두 다리 사이, 또다른 인간의 정글 속에서 나는 하염없이 울었어, 나를 울리는 건 뭐든지 울게 내버려두었어, 열렬한 사랑이란 원래 그렇게 울면서 시작되는 거라고 헛구역질하는 감수성을 달래고 또 달래었어, 그래도 자꾸만 달아오르는 육체는 식을 줄 모르고 위험한 시들을 줄줄 쏟아냈어, 사방에서 문장들이 빛을 토하고 아우성치며 내게로 달려들었지만 나는 그 육체에서 나 자신을 빼내는 것이 진정한 자유라고 생각했어, 산다는 건 취한 배를 타고 하염없이 흘러가는 것이라고, 국그릇처럼 깊숙한 어른들의 눈을 피해 그들이 한껏 더럽혀놓은 비바람을 맞으면서도 나는 단지 이건 비바람일 뿐이야 생각하며 웃고 또 웃었어,

왜 젊음은 삶을 비웃는 데서부터 시작되는 걸까?

도처에서 피어나는 악의 꽃들이 내 맨가슴을 송곳처럼 파고들 때도 나는 비명 한번 지르지 않았어, 그때는 정말 몰랐어, 세상을 산다는 게 얼마나 많은 꿈들을 으깨는 것인지를, 자신을 통째로 제물로 바쳐야 한다는 것을, 그래도 한 가지 위안은 있었어, 위대한 예술가와 혁명가들, 나는 그들의 분비물을 모아 종이 폭탄을 만들었어, 오로지 나 자신을 위협하고 뒤집어엎고 두들겨패고 짓밟아 으깨고 땅바닥에 패대기치기 위해서, 그러곤 유유히 진창의 에스컬레이터를 타고 내 몸에다 불을 지르며 젊디젊은 내 뇌관을 모조리 태워버리기 위해서,

진정 내가 원하는 게 이런 것이었을까?

성대한 회의는 연약한 후회를 갉아먹으며 내 자아와 예술 사이의 얇디얇은 길을 웃음거리로 만들며 세상과 사람들로부터 더욱 멀리 나를 떼어놓았어, 시퍼런 절망이 뼈를 저미는 듯한 아픔이 아름다운 이름들을 한줌 먼지로 후후 날려보냈지만, 내 가슴엔 시가 아직 쓰이지 않은 시들이 수확할 시기를 채찍질하며 눈부신 후광을 내뿜고 있었어, 나는 앞으로 나아갔어, 비틀거리는 돛대를 바로잡고 푸른 새싹들을 짓밟으며 계속 앞으로 나아갔어, 취한 배를 몰아갔어,

그래도 아직은 살 만해, 내 가슴에서 익어가는 게 시인지 시의 열매인지 아니면 새까맣게 여물어가는 죽음인지 이 멋지고, 사납고, 미치고, 광활한, 고삐 풀린 세상에게 한 번도 물어보지 않았어, 나는 얼마든지 내 젊음을 비워가면서 아주 잘 익은 시의 골수를 텅 비어 있는 커다란 창고 같은 내게로 몰아와야만 했어,

　오로지 말하고 싶다는 욕망만 있다면 누구든 내 말을 알아들을 수 있을 거야, 스물한 살 꽃다운 나이에 취한 배에 올라타 사람의 애간장을 녹이는 희망이라는 독사떼들이 우글거리는 절망의 땅을 가로질러, 태어나 한 번도 쉰 적이 없는 바다로, 바다로 하염없이 도망치면서도 나를 절대 멈추지 않았어,

　그런 나를 이해하겠니?
　몇천 년 된 바람처럼 아직도 취한 배 위에 올라타 도망치고 또 도망치는 나를?

난파선

그와 내가 닮은 점은
부서지고 가라앉으면서도
서로를 열렬히 원한다는 점이다

사랑을 가지고도 아무 일도 하지 못할 때
나약한 인간들은 자신을 거세하고
사랑의 통증이 헌신적으로 심신을 좀먹는 걸
그냥 두고 즐기지만

세상엔 아무리 더럽히려 해도
더럽혀지지 않는 게 있다

그것은 많은 배들이 바다 밑으로 가라앉으면서도
바다를 결코 원망하지 않는 것과 같다

그와 내가 닮은 점도 그런 것이다

끝없이 가라앉고 부서지면서도
서로를 열렬히 원한다는 것

문어탕

연포탕과 비슷한 문어탕을 먹는다
문어는 내가 가장 좋아하는 수중 생물
무수한 빨판이 박힌 여덟 개의 통통한 다리와 둥근 몸통
하나
문어 그림으로 미술상을 받은 적 있듯이
문어는 너무나 단순해서 그리기도 쉽다
다른 아이들은 징그럽다고 잘 그리지 않는 문어를
나는 새보다도 고양이보다도 더 잘 그린다
언젠가 바위틈에 꽉 붙어 있는 어린 문어를 잡은 적이 있다
그 축축하고 놀라운 빨판의 힘에 놀라
다시 바닷속으로 풍덩 던져버렸지만
그때의 그 촉감, 그 흡착력을 잊을 수가 없다
그런 게 안간힘이라는 걸까?
처음엔 나도 외계인 같은 문어가 무섭고 징그러웠지만
어떤 식으로든 한번 살려준 것들은 깊은 여운을 남기는 법
그 이후로 문어가 좋아졌다
제사상에 오른 마른 문어는 언제나 내 몫이듯
문어는 오징어보다 낙지보다 주꾸미보다 훨씬 더 식감이
두툼하고 맛있다
그런 문어를 왜 구약성서 레위기에선 부정한 짐승이라 하고
북유럽 쪽 사람들은 악마의 물고기라고 했을까?
단지 지느러미와 비늘이 없다는 이유로 그렇게 싸잡아 폄
하해도 되나?

나는 지느러미와 비늘이 없어도 그들이 혐오스럽지 않다
문어, 오징어, 뱀장어, 가오리, 해삼, 멍게, 개불, 굴 등등
싱싱한 바다 냄새 나는 것이라면 무조건 다 좋다
그중 문어가 더 정이 가고 좋은 건
문어는 아주 짧게 산다는 것
평생 한 문어와 딱 한 번 격렬하게 짝짓기한 후
새끼들을 보기도 전에 죽는다는 것
그래서 가족 개념이 없다는 것
머리가 아주 좋고 피부가 색소체로 되어 있어
움직일 때마다 색색의 불꽃놀이를 펼쳐 보여준다는 것
호기심 많은 장난꾸러기처럼 맹랑하게 생겼음에도
물속에서 몸을 쭉 펴고 있을 땐
춤추며 흩날리는 꽃잎처럼 아름답고 신비롭다는 것
그보다 더 좋은 건 위기 때마다 내뿜는 새까만 먹물!
언젠가는 그 먹물들을 모아 잉크로 사용하면
새까만 밤, 새까만 구름이라는
멋진 시를 쓰게 될지도
그런 꿈같은 망상에 해롱해롱 젖으며
연포탕을 닮은 문어탕을 먹는다
잔인할 정도로 쫄깃쫄깃 맛나게 꼭꼭 씹어 삼킨다

7월의 심장

내 심장을 한번 꼬집어봐, 정말 내가 살아 있는지, 살아 있기나 한 건지, 어제 네게 빌린 칠십만원으로 우선 급한 불은 껐지만, 몇 달 치 일한 보수는 아직도 깜깜무소식이야, 그래도 도리스 레싱의 『고양이에 대하여』는 재미있었어, 짐바브웨에 가본 적은 없지만 내가 키운 유령들은 비행기 없이도 몇 날 며칠을 그곳에서 보내다 와, 책도 없고 학교도 없고 검은 껍질을 둘러쓴 아픈 아이들이 피 묻은 천사의 날개를 가슴에 숨기고 있는 곳, 그 나라를 생각하면 며칠쯤 굶는 게 뭐 그리 대수겠어, 그래도 고깃집 앞을 지날 때면 눈물이 나, 행복한 살찐 사람들이 입도 벙긋 안 하고 웃을 때면 나도 모르게 등줄기에 식은땀이 흘러, 그래도 『금색 공책』은 끝까지 읽었어, 역시 낭만적인 사랑은 내 스타일이 아니야, 변기가 막힐 때마다 바람과 함께 사라져 이름 없는 벌판에 드러눕고 싶어져, 그래도 기적처럼 밀린 보수가 한꺼번에 들어온다면 이번엔 절대 비행기를 놓치지 않을 거야, 짐바브웨보다 더 먼, 위도 0도 0분의 나라로 떠날 거야, 태양이 직각으로 내리쏟아져 그림자가 없는 나라, 그곳에서 카뮈를 읽고 싶어, 천년을 산 거북처럼 아름다운 태양을 총으로 쏜 남자, 그를 읽으며 봄비를 기다리고 싶어, 그래도 네 돈은 꼭 갚을게, 내겐 이제 어떤 이즘도 어떤 주의도 없어, 언젠가는 그 자유의 대가를 톡톡히 치르게 될 거야, 그러니 내 심장을 한 번만 더 꼬집어봐, 정말 내가 살아 있는지, 살아 있기나 한 건지……

까치밥

그를 끊고 그녀를 끊고 늘 울리던 전화를 끊고 애매모호
한 정체성 신문을 끊고 쓸데없이 히죽히죽 웃던 존재의 헛
발질을 끊고 굶주린 늑대처럼 포효하는 욕망을 끊고 즐겨
따라 마시던 칸노 요코의 〈카우보이 비밥〉을 끊고 겨우 내
내 허허벌판에서 기다리던 봄 기차를 끊고 한밤중에 일어
나 바다를 향해 달음질치던 절박한 발길을 끊고 날마다 세
상이 요구하던 절대 교양을 끊고 쓸쓸하고도 쓸쓸한 장난감
네게 쓰던 분홍색 편지를 끊고 눈뜰 때마다 하루하루 증발
하는 향긋한 생의 온기를 끊고 갈수록 아득해지고 초라해지
는 물거품 같은 나를 끊고 정신의 비수처럼 섬뜩한 부모 형
제들을 끊고 심장이 쿵쿵 뛰고 입술이 바싹바싹 타들어가는
검은 집착 이 시대의 불타는 사랑을 끊고

나는 까치밥이 된다

마지막 남은 한 개의 감
새여, 어서 날아와 나를 따먹으라

너는 쓴다, 쓰고 또 쓴다
흰 장미와 분홍 장미
그 아래 무수한 하이에나들
그들을 비껴갈 행운은 어디에도 없고
부지런한 팽이처럼 돌고 도는
이별과 집착 그리고 날카로운 절망들
그 아래 흩날리는 냉담한 천사들의 미소
서로서로에게로 넘나들지 못한 채 민감하게 사라지는
대책 없는 개개인의 평화

한 걸음 내디딜 때마다 소스라치는 절망에, 환멸에
날마다 버스를 놓치고 기차를 놓치고 사람을 놓치고도
언제나 좋은 게 좋다는 그 함정 안에 옹기종기 모여
결국 발맞추어 집으로 돌아가는 사람들
한 번도 제대로 차지하지 못했던 행복
그 아래 훌쩍이며 훌쩍대는 결박된 미래들

한없이 불안하면서도 매번 방관해야만 살아남을 수 있는
어둡고, 어두운 개개인의 이름 석 자
고이 간직했던 지고지순한 문장들마저 비틀어 짜야만
점점 심장박동이 정상화되는 무미건조한 영양제들
그 아래 펑펑 울며 부서지는 이 시대의 인간 장난감들

너는 쓰고, 또 쓰고, 또 쓴다
붉은 피 냄새 진동하는 봄날의 키스
불행한 아이들을 모두 먹어치우고
반짝반짝 얼굴에 기름칠을 한
흰 장미와 분홍 장미
그 아래 무수한 하이에나들

사랑하고 싶어서, 사랑받고 싶어서
어쩔 수 없이 단식투쟁을 하고 인간 사슬을 만들고
동동 발 굴리며 소리치는

너는 쓴다, 쓰고 또 쓴다
인간이라는 애틋한 조난 신호탄에 끝없는 폐허로 입맞춤
하며
결코 끝나지 않을 벽 뒤의 도시,
그 참혹한 꽃빛에서!

딱새의 매운 고추

참새처럼 귀엽고 앙증맞은 딱새가
저보다는 몇 배나 큰 까치와
영역 싸움을 벌이고 있다

딱새는 타고난 싸움꾼이다
상대가 누구든 아무리 덩치가 크든 상관없이
조금만 수가 틀려도 참지를 못한다
막무가내로 덤비고 악착같이 공격한다

아무리 덩치 크고 힘센 새들도
끊임없이 덤비고 줄기차게 괴롭히는
딱새의 그 공격성을 배겨내지 못한다

싸울 때의 딱새는 누구보다도 부지런하고 끈질기고 용감
하다
그런 딱새의 끝없는 근접전에 견디다못한 까치가
결국은 훌쩍 날아올라 다른 곳으로 줄행랑을 친다

딱새는 보란듯이 부르르 날개를 한 번 털더니
까치를 쫓아낸 그 자리에 득의양양 곤추앉아
자신의 맵고 매운 작은 고추를 쑤욱 내밀며
휘, 휘, 휘, 승리의 휘파람을 분다

작은 고추가 정말 더 맵고, 맵다더니……

앨버트로스

세계 최고의 비행사, 앨버트로스
나는 언제나 너를 지지해

커다란 날개 때문에 지상에선 뒤뚱뒤뚱 조롱조롱(嘲弄嘲弄)
바보 새로 통하지만
그 날개를 활짝 펴기만 하면 모든 지평선과 수평선을 열어젖히고
우주로, 우주로, 우주의 새가 되어 날아오르는

둥지를 짓고 새끼를 돌보는 시간 외엔
생애의 거의 대부분을 높이높이, 멀리멀리

거침없는 폭풍과 세찬 비바람을 뚫고 지구에서 달까지
세상과는 상관없이 누구와도 관계없이 광활한 바다, 심해 위를
몇 번이고 몇 날이고 몇 달이고 몇 년이고
자유로이 바람을 타고 바람과 함께 바람이 되어 비행하는

거대한 새, 앨버트로스

나는 언제나 너를 지지해
끝없이 빛을 향해 날아오르고 또 날아오르는 네 날갯짓

소리에
  아직도 내 마음 이토록 두근거리고 행복하다면!

  내 삶에 이보다 더 그립고, 더 멋진 이정표가
  어디에 또 있으랴

  동트는 여명처럼 광대한 나만의 도취, 나만의 환상
  앨버트로스!

내일의 시인

얼마나 슬픈 시절인가 제발 꼬투리 잡지 말라 내일의 시
인들이 무정한 사람들 사이에서 떨고 서 있다 시를 모른다
는 건 존재의 가장 큰 비극이다 유쾌한 가십거리가 필요하
면 시를 읽으라 시에는 이 세상 온갖 소문들이 다 녹아 있
다 피 흘리는 요한의 머리를 쟁반에 담아 즐긴 이들은 처음
부터 미친 자들이었다 그 불쾌한 광기가 아직도 대기를 떠
돌고 있다 그 시편에 입맞추지 말라 광기는 철저히 혼자 있
을 때나 부리는 심술 그 따분함에 길들지 말라 따분함은 냉
담과 잔인에서 나오는 독소 가장 현대적인 것이 가장 따분
한 것이다 얼마나 처량한 시절인가 모든 게 무의미하다는
생각으로 자신을 더욱더 처량하게 만들지 말라 누구에게나
햇볕 잘 드는 창이 하나씩은 있다 그 창을 열고 자신을 내
다 말려라 이 세상 온갖 희망은 그 빛 속에서 나온다 가장
어두운 것도 그 빛 아래 그냥 두면 잘 익은 매혹이 된다 매
혹은 시의 누이 무거운 모자와 구두를 벗고 그 누이의 내일
에 몸을 맡기자 결국 시란 내가 이 세계에서 어떻게 시간을
보내느냐에 달린 나의 문제 그러니 제발 시 아닌 걸로 꼬투
리 잡지 말라 진정한 시인은 이 세상을 버리기로 한 날 밤
에 다시 태어나 버섯 향기 물씬 풍기는 비에 젖은 숲에서 달
빛을 만들어내는 사람 내일이면 그 달빛에 새로 태어날 시
인들의 고백이 시작될 것이다 그 고백에 안장을 얹고 이 슬
픈 시대를 가로질러 달려나가자 그 고백에 씨를 뿌리고 꿈
꾸는 포도나무를 키우자 주렁주렁 열리는 포도알들은 한 편

의 시! 얼마나 신나는 일인가 멋진 한 편의 시로 내일을 열 ⎯
기 위해 잘 익은 포도나무 아래로 달려오는 시인들의 펜과
그 터질 듯한 심장들!

페루

다시 태어난다면 페루가 좋겠다.
『새들은 페루에 가서 죽다』라는 멋진 소설도 있듯이
그곳은 죽기에 딱 좋은 곳.

그동안은 어디든 꼭꼭 숨어 있자.
큰 놈들은 큰 놈들끼리 어울려 언제나 잘도 도망치고 도
망치다
북두칠성처럼 어김없이 제자리로 돌아와
갈 곳 없는 작은 놈들을 잡아먹고, 또 잡아먹고……

이제 더는 놀랄 것도 없는 이곳.
내 아버지가 울고, 내 어머니가 울고,
내 형제, 내 아들딸들이 우는 이곳.
그러나 나는 결코 울고 싶지 않은 이곳.

당분간만 이곳에 꼭꼭 숨어 있자.
모든 새들이 떠나고, 미지의 새들마저 다 떠나고 나면
간신히 붙잡고 있던 누군가의 마지막 팔을 흔쾌히 놓고
달콤한 새들의 눈물이 너무나도 그리워 목이 마른 숲의
맥박이
점점 느려지다 딱 멈출 때까지만.

그다음엔 재빠르게 침실 서랍장 위에 놓아둔 페루의 사진

을 가방에 넣고
　오래전에 내가 묻혀 있던 그곳으로 떠나자.
　시공을 초월하여 어디든 훌쩍 떠나는 방식은 이미 내가
태어나면서부터
　터득한 은총.

　다시 태어난다면 정말 페루가 좋겠다.
　『새들은 페루에 가서 죽다』라는 멋진 소설도 있듯이
　페루는 죽기에 딱 좋은 곳.

　내가 미치도록 사랑한 한 남자도
　막다른 그 길 위에서 한 번도 내가 만난 적 없는 낯선 사
람처럼
　그렇게 잘살고 있지 않은가!

나무늘보

나무늘보 한 마리를 키우고 싶어
가련할 정도로 느리고 순한 그를 업고 달려보고 싶어
그에게 속도의 맛을 맛보여주고 싶어
모든 게 너무 빠르고 민첩한 이 시대에
어쩌면 그리도 느릴 수 있는지

느릿느릿 하루에 겨우 오십 보밖에 못 걷는
그 형편없는 몸매랑 풀을 먹이다 만 것 같은 뻑뻑한 털
이랑
균형미 하나 없는 엉덩이랑 다리……
무지무지 귀여운 어릿광대 같은 그 모습이 나는 참 좋아
발바닥도 없고 엄지발가락도 없다는데
어떻게 나무 위를 오르는지 신기하고 기특해
욕심 많은 동물이 아니라 웃는 얼굴의 순둥이 식물 같아

모두가 잠드는 밤이 오면 돌고래떼처럼
가장 구슬픈 목소리로 노래를 시작하는 나무늘보들
처음엔 아주 높았다가 점점 낮아지는 그들의 노랫소리는
죽은 자의 제국 위에 떠 있는 영가처럼
가난하고 착한 사람들의 마음을
우 우 우– 음악으로 씻겨주는 것 같아

그래서 하느님도 멀리멀리 가지 못하도록

보이지 않는 끈으로 곁에 묶어놓으셨나봐
밥도 아주 조금만 먹고 맑은 공기만 마시고도
며칠을 살 수 있다는 나무늘보
그가 정말 좋아
아주 천천히 걷는 우리 할머니 같아
걸음 하나하나에 사랑이 출렁출렁 삐져나오는
너무나도 그리운 우리 할머니 웃는 얼굴 같아

해파리

우리는 바다를 좋아해요
당신들이 쓰다 버린 작은 투명 우산처럼 투명 모자처럼
유유히 바다를 떠다녀요
우리는 입은 있지만 뇌는 없어요
선과 악이란 그런 말은 알지도 못해요
그리움이나 사랑 같은 그런 말도 몰라요
우리는 그저 물결 따라 살랑살랑, 흐늘흐늘
수많은 촉수를 뻗었다 오므렸다 하며
작고 소중한 것들을 잡아먹어요
뇌는 없지만 우리가 물속 귀여운 요정처럼 예쁘다는 건
알아요
그렇다고 너무 가까이 다가오진 말아요
우리 촉수엔 매서운 자포들이 숨어 있어
살짝이라도 잘못 건드리면 치명적인 독침을 맞을 수도 있
거든요
그러니 우리가 입은 레이스 자락이 아무리 멋져 보여도
절대 우리 촉수를 화나게 하지 말아요
촉수 따라 우리 입까지 화를 내면
당신들쯤은 단박에 삼키고도 남을 정도로
입이 점점 커지거든요
그러니 우리를 절대 화내게 하지 말아요
우리는 바닷속을 유유히 떠다니는 해파리
뇌도 없고 뼈도 없고 눈물도 없어요

자생력 강한 우리에겐 진짜 죽음도 없어
당신들보다 더 오래오래 살아왔어요
아무리 무적함대가 우리를 덮쳐도
우리는 자가 치료 능력이 누구보다도 강해
온 바다 구석구석 자유로이 헤엄쳐다녀요
그러니 조심하세요
당신들의 무자비한 포획으로 우리의 천적들이
점점점 멸종되어가는 이 바다를
언젠가는 우리의 왕국으로……
그런 꿈같은 꿈
뇌 대신 입으로 꾸기도 하니까요

FC 바르셀로나

심판이 휘슬을 불었다. 새벽 세시. 나는 쓰고 있던 원고를 접고, 티브이 앞으로 간다. FC 바르셀로나 경기. 메시와 수아레스, 이니에스타, 네이마르가 있는 팀. 요즘 내가 가장 좋아하는 사총사. 그들의 발끝에서 폭발하듯 격렬하게 시작되는 공, 공, 공의 윤무. 숨막힐 듯 내지르는 공, 공, 공의 탄성들. 그 사이로 오른발에 공을 박고 뛰는 이니에스타. 그 공을 받기 위해 달리는 메시와 네이마르와 수아레스. 그들이 상대방 선수들을 무시하듯 나도 상대방 선수들을 무시하고 그들을 따라간다. 내가 응원하는 팀은 바르셀로나. 그리고 그것은 이 시간이 내게 주는 유일한 희열. 오직 공만을 주시하고 노려보는 주전 공격수도 사방으로 흩어져 공을 기다리는 부지런한 수비수들도 뜬눈으로 응원하는 나를 위해 멋진 골을 선물해야만 한다. 축구 역사상 가장 뛰어난 철학자, 요한 크루이프식 토털 사커를 바르셀로나식 토털 사커로 바꿔 멋지게 내게 보여주어야만 한다. 찬스는 논리적인 것이다. 내가 먼저 뛰어야만 공도 나를 따라 뛴다. 발보다 먼저 두뇌를 회전시켜 아무도 존재하지 않는 공간을 향해 피의 속도를 올리고 압박해야 한다. 절대 손을 써선 안 된다. 축구는 발을 위한 경기. 현재 나의 발은 리오넬 메시의 발. 그는 바르셀로나의 살아 있는 레전드. 두 발의 문명, 두 발의 종교다. 그는 이곳에서 317경기를 뛰고 286골을 넣었다. 그 누구도 그의 공을 막지 않고는 승리할 수 없다. 축구는 창작이다. 두 발로 쓰는 시. 나는 그들을 바라보는 것이 너무나

행복하다. 축구공과 함께 달리는 그들의 군무. 그 놀라운 육
체노동! 그들의 존엄성은 언제나 골인과 함께 더욱 빛이 난
다. 골인! 골인! 그리고 또 골인!

* 이 시는 2016년 메시, 네이마르, 수아레스, 이니에스타가 FC 바
르셀로나에서 함께 뛸 때 쓴 것이다. 2013년에서 2017년까지 나는
밤을 새우며 그들의 경기에 환호하곤 했다. 그러나 2021년 8월, 메
시마저 FC 바르셀로나를 떠나면서 지금은 그들 중 누구도 이 팀에
남아 있지 않다.

4부
세상 같은 건 더러워 버린 그대와

아무도 읽지 않는 시를 쓰고 싶다
그 시를 읽으면 모두가 죽어버리는 시를 쓰고 싶다
아니다, 모두가 다 읽는 시를 쓰고 싶다
그 시를 읽으면 죽어가던 것들도 생생히 되살아나는 시
를 쓰고 싶다

꿈같은 일이다

아무리 좋은 시에 발 동동 굴리며, 간절히 원하고, 주먹
을 쥐고,
훔치고, 질투하고, 탐하고, 절망하고, 애를 써도
나는 내가 쓰고 싶었던 그런 시를 쓰지 못하고
이 시도 저 시도 다 쓰레기 같아
활활 타오르는 시어들의 모닥불 속에 모두 던져버린다

그러나…… 그럼에도
머리에서 발끝까지 제대로 입히고 먹여줄 게 시밖에 없어
뜬구름 잡듯 또다시 펜을 집어든다

이 우주에 시 아닌 것 있으면 나와보라고
절망에 눈이 먼 채로 큰소리치며
돈키호테가 풍차를 들이박듯 용감하게
있는 대로 아드레날린을 발기시키며

허기지고 굶주린 시 속으로
미치고 미치다 꺼꾸러진 희디흰 뼛가루
그 위에 던져진 한 떨기 백합처럼
결코 나를 놓아주지 않을 시 속으로……

내일로 가는 기차

내일로 가는 기차
나도 그 기차에 올라탔다
어제의 모든 나를 버리고
오로지 내일로만 향해 간다는 기차

프로그램은 화려하고
승무원들은 솜사탕처럼 달달하고 부드러웠다

기차가 설 때마다 깊은 연줄로 묶인 사람들이
환호성을 지르며 기차에 올라탔다
정말 모두가 어제를 송두리째 버린 듯
철천지원수처럼 굴던 이들도 나란히 함께 앉아
화해의 꽃다발을 화기애애 뿌리고 있었다

역을 통과할 때마다 프로그램은 더욱 화려해지고
달리는 기차의 속도는 점점 더 빨라졌다
나도 저들처럼 내 모든 어제를 다 버릴 수 있을까?
그럴 수 있다고 믿고 싶음에도 내 가슴에선
자꾸만 식은땀이 흘러내리고
최후의 모히칸족처럼 자꾸만 목이 메어왔다

어딜 가든 가슴이, 늘 가슴이 문제였다
머리로는 모든 걸 받아들일 수 있는데

가슴은 언제나 깊은 공황장애를 일으켰다

그래도 이 기차에 올라탔으니 무조건 믿어보자
모든 과거를 깨끗이 소멸하고 내일로, 내일로
있는 힘껏 모든 것에 마침표를 찍고
눈을 꼭 감아버리자
눈감은 사람은 아무도 건드리지 않고
깨어 있는 자, 눈뜬 자만을 공격한다지 않은가

나는 이 기차가 마치 이 세상의 마지막 기차인 듯
빠르게 달리는 기차와 혼연일체가 되어
두 눈을 꼭 감았다

이제 내게는 오로지 내일만이 있을 것이다

그런데, 그럼에도……
끊임없이 뒤에 두고 온 집과 사람들
이제 막 꽃피기 시작한 라일락나무 위의 휘파람새
읽다 만 책, 쓰다 만 글들이 가슴속을 아프게 맴돌았다
이래선 안 되는데, 이래선 안 되는데……
나는 최후의 모히칸족처럼 자꾸만 목이,
목이 메어왔다

또다시 바다, 바닷가에서

언제부터인가 나는 바닷가에서 살아요
바다는 영원 같아요
바다 한가운데 떠 있는 기막힌 섬들처럼 육지는 이제 너무 외롭고 쓸쓸해요
매일매일 온 힘을 다해 솟구쳤다 새파란 젊음처럼 부서지는 파도 소리
한때는 나도 저 파도 소리처럼 아주 무모했지요
이 세상 모든 문들이 다 육지로만 열려 있는 줄 알고
끝없이 반짝이며 펼쳐지는 모래 해변을 걸으면서도
그 무수한 문들과 지치는 줄 모르고 숨바꼭질만 했지요
숨바꼭질만으로도 세상은 너무나 아름답고 슬퍼
내 온 생애를 비벼도 좋을 만큼 부드러울 줄 알았지요
하지만 이제 육지는 내 소속이 아니에요
내가 마음놓고 살 집이 이곳에는 없어요
나는 오래오래 걸어 다시금 바닷가로 왔어요
파도에 파도가 끝없이 이어지고 바람에 바람이 끝없이 이어지고
낮이 가면 밤이 오고 또 낮이 오는 이곳에서
나는 깊고 깊은 바닷속에서 들려오는 거대한 혹등고래의 숨소리를 들어요
온몸으로 바다가 집인 모든 것들을 그리워하며
끈질기게 육지에 예속된 숨을 곳 없는 내 발자국들을 지워요

먼바다에서 불어오는 소금기 많은 바람에 내 삶을 하나하
나 증발시켜요
얼마나 편안하고 경이로운지
누워서도 앉아서도 다 들려요
깊은 바다에 얽힌 전설들
사이렌들의 바위, 불멸의 리바이어던
바다 마녀 키르케와 바다 괴물 크라켄
감동적인 만타가오리와 청어떼의 놀라운 대이동, 무지갯
빛 조가비
거침없이 물속의 하늘을 날아다니는 크고 작은 물고기떼들
바다는 꿈속 같아요
타는 듯한 갈증으로 강렬하게 수평선 자락을 움켜잡는
위험하고 광활한 꿈
언제부터인가 나는 그 바닷가에서 살아요
매일매일 즐겁게, 내 피와 뼈들이 심해로 하얗게 가라앉
는 길 바라봐요
얼마나 아름답고 가혹한지
육지는 이제 너무나 거대한 무역 시장
나는 더이상 그곳에서 살 것이 없어요
사고 싶은 것이 없어요
깊은 바닷속으로, 전율하며 사라진 모든 이들을 애도하는
통 크고 낡은 육분의(六分儀)와 나침반 외에는

불타는 도서관

알렉산드리아도서관이 불타고 있을 때
나는 사라진 책의 역사를 읽고 있었다
나의 적이 가진 책은 곧 나의 적이다

알렉산드리아도서관의 모든 책들이
적이 되어 화염 속에서 죽어가고 있을 때
나는 하이네의 시집을 읽고 있었다
책을 태우는 곳에서는 장차 사람도 태우리라

알렉산드리아도서관이 모두 잿더미로 변했을 때
나는 읽고 있던 책들을 모두 지옥으로 던졌다
지옥은 인도(人道)를 벗어난 모든 지식이 끝나는 곳

그곳에서도 부르르 두 주먹 불끈 쥐고
불타고 있는 알렉산드리아도서관
나는 그곳으로 달려가 새까만 유령으로 변하고 있는
너를 꺼내오고 나를 꺼내왔다

작은 배*

배가 있었네, 아주 작은 배가 있었네, 라고 노래하던 가수가, 작은 배로는 떠날 수 없네, 아주 멀리 떠날 수 없네, 라고 노래하던 가수가, 어젯밤 아주 멀리 떠나버렸네. 혼자 남아 울고 있는 작은 배만 남기고, 작은 배만 남기고, 아주 먼 곳으로 떠나버렸네. 이 시대의 애끓는 한숨 소리처럼 깊디깊은 여름밤, 홀연히 춤추는 먼지, 허무의 장엄 속으로 떠나버렸네. 다시는 돌아오지 못할 매혹의 뮤지션이 되어 곧 그리운 멜로디로 환생할 작별의 오선지 속으로, 캄캄한 밤이 내뿜는 혼, 미지의 쓰라린 감미(甘味) 속으로 떠나버렸네. 아주 작은 일에도 눈물이 나 한밤중에도 혼자 깨어 있을, 더없이 애틋하고 애잔한 제비꽃, 작은 배만 남기고, 작은 배만 남기고……

* 2017년 8월 28일 이 세상을 떠난 가수 조동진을 추모하며.

휘파람새

내가 사랑에 대해 말할 때
그 간절한 목소리처럼
사랑이 내게로 찾아왔다

그러나 나는 그 사랑에 빠지지 않았다

사랑은 사랑만으로 존재할 때
보기가 더 좋았다

나는 그 사랑을 내가 아는 사람들과 모르는 사람들에게
로 보냈다

그 사랑이 그들과 함께 있는 모습은
더 더 보기가 좋았다

내 사랑의 의자는 늘 비어 있지만
내 사랑의 역사는 늘 앞뒤로 왔다갔다하지만
이제는 받는 사랑보다 주는 사랑이
얼음같이 차가운 내 잠옷을 더 많이 녹여준다는 걸 알기에

나는 내 정원에 쓰러진 나뭇등걸에 걸터앉아서도
기타줄을 뜯고
놀라운 비밀을 털어놓는 사람처럼

이제 곧 다가올 봄을 기다린다

만약 운명이 있다면
오랫동안 사랑한 그 한 사람이
꽁꽁 언 언덕길을 내려올 때

흘러간 내 사랑의 머리 위로
휘파람새 한 마리 힘차게 날아올랐으면!

가짜 뉴스 아웃!

가짜 뉴스가 판을 친다
갈수록 더 과격해진다
비슷비슷한 사람들이
아니 똑같은 사람들이 한통속으로
똑같은 옷을 입고, 똑같은 사고로
똑같은 똥을 싸며
똑같이 우르르 몰려다니며
가짜 뉴스를 생산하고 또 생산해낸다
그 사이사이로
포장지만 그럴듯한 내용 없는 쓰레기들이
확신 없는 부정과 맹목들이
여론을 조작하고 불안과 공포를 서식시키고
우르르 진실의 댐들을 무너뜨린다
저 먼 북극에선 시시각각 빙벽들이 녹아내리고
쩍쩍 금이 가는 빙하에선 수천 년 된 공기들이 비명횡사
하고
죄 없이 아름다운 아마존이 불에 타 사라지고 있는데
그 자연에게 미안하지도 않은지
그 자연에게 부끄럽지도 않은지
여기저기에서 가짜 뉴스가 판을 치며
해독제 없는 맹독을 뿜어대고 있다
적어도 인간이라면 이래선 안 된다
적어도 자신이 인간의 마음을 가졌다면

그 마음에 쥐어진 펜을 그렇게 휘갈겨선 안 된다
인간의 악의는 결코 사과할 수가 없는 것이다*
진짜 나쁘다고 믿는 것은 진짜 나쁜 것이다
누구도 그런 짓을 해서는 안 된다
눈과 귀 똑바로 열어놓고
모든 가짜 뉴스는 아웃!이라고
더이상 침묵하지도 함구하지도 말고
큰 소리로 자신 있게 말해야 한다
모든 가짜 뉴스는 아웃!이라고.

* 샤를 피에르 보들레르, 『파리의 우울』, 황현산 옮김, 문학동네,
2015.

지독한 게임

산책길에서 앞서가는 귀여운 꼬마 셋
꼬마야! 부르니
일제히 뒤돌아본다

저토록 어린 아이들도 자신이 작은 인간,
꼬마라는 걸 아는데

큰 인간인 어른들은 자신이 인간인 것을 종종 잊고는
짐승만도 못한 인간,
양의 탈을 쓴 늑대로 변한다

그 때문에 꼬마들은 놀이터에서도 골목길에서도
자기들끼리 신나게 자유롭게 뛰어놀지 못하고
부모나 선생님 같은 큰 인간의 보호 없이는
아무데도 가지를 못한다

꼬마들은 꼬마들끼리 어울려 놀고 놀아야 하는데
그러면서 서로 배우고 협력하며 성장해야 하는데
자연스레 큰 인간으로 나아가야 하는데

큰 인간인 어른들이 종종 자신이 인간인 것을 잊는 바람에
작은 인간인 꼬마들은 집안이든 집밖이든
어디서든 그들의 사냥감이 되어

다치고, 베이고, 죽을 수도 있어
마음놓고 어디서든 안전할 수가 없다

온 동네 골목길을 장악하며 동무들과 함께
까르르 웃고 땀흘려 놀던 그런 생활을 잃어버린 꼬마들은
깡통차기, 구슬치기, 무궁화 게임, 딱지치기, 줄넘기, 오
징어 게임…… 대신
할 수 없이 혼자서 캄캄한 모니터를 켜고
동무 하나 없이 기계와 논다
즐거운 놀이가 아니라 필멸의 게임을 한다
큰 인간들처럼 이기고 지는 지식,
죽이고 사는 지식만 열심히 가르치는
지독한 게임!

밥값

그녀가 마음속 깊은 상처를 보여주었어요
새빨간 장미 가시에 무수히 찔린 상처
피딱지와 불행, 악몽과 눈물이 붉은 먼지처럼 우글우글
한 상처를

나는 소독약과 연고, 붕대와 반창고 대신
매일 그녀에게 저녁 한끼를 사주었어요

마음속 깊은 상처는 오래 두면 둘수록 곪아터져
삶 자체를 돌이킬 수 없는 녹슨 어릿광대로 전락시키지만
함께 먹는 밥은 상처를 하나하나 이야기로 술술 풀어내
부드럽고 따듯하게 어루만져 멀리멀리 흘려보내버리지요

그래서 누구든 밥 함께 먹는 동안은
훨씬 더 친절해지고 훨씬 더 진실해지지요
높은 언덕에 올라 해지는 것 함께 바라보며
마음껏 경이의 탄성 내지르던 그때처럼

그렇게 매일매일 그녀와 밥 먹는 사이
벌집에서 꿀을 뽑아내듯 밥은 조금씩, 조금씩
그녀 속 절망을 생기로 바꾸어주었지요
더러는 멈추지 않는 그녀의 울음소리가
예민한 칼날처럼 내 폐부를 찌르고 지나갔지만

괜찮아, 괜찮아, 이젠 괜찮아
드디어 그녀가 환하게 웃기 시작했어요
잃었던 삶 맛을 되찾기 시작했어요

그럴 때 별 몇 개 뜨기 시작하는 밤하늘 올려다본 적 있
나요?
얼마나 다정하고 근사하고 뿌듯한지
속 아주 깊은 밥심은 언제나 꼭 그렇게
제 밥값을 해준다니까요

장미의 끝

이루어지지 않은 내 연애 사이로 장미꽃이 진다
세상에 열흘 붉은 꽃은 없다더니 장미꽃이 진다

나는 무작정 아무 차나 타고 내달린다
한여름 땡볕에 산 채로 불타던 장미꽃
그 새빨간 단말마 사이로 한없이 무정한 사람들의 뒷모
습이
자동차 바퀴처럼 어디에나 굴러다니는 풍경들을 지나
더 더 무심한 곳으로 더 더 서러운 곳으로

뒤돌아보면 장미의 나날들이란 얼마나 왜소한가!
장미는 장미라서 장미다……로 시작되는 거트루드 스타
인의 시처럼
얼마나 건조한가!

아무리 향 좋은 소스를 치고 양념을 섞어도
가슴속에선 폐(肺) 없는 쓴웃음만 날리고
자꾸만 예상을 빗나가는 날씨처럼 변덕스런 집착은
고단하게 차창 밖만 바라보고 바라보고

돌이켜보면 장미의 나날들이란 얼마나 그릇된 관습인가!
찌그러질 대로 찌그러지고 납작해질 대로 납작해진
내 심장만 무자비하게 개봉당한 채

나는 바라본다, 장미의 끝!

종로에서도 신도림에서도 명동에서도 홍대 앞에서도
끊임없이 밀려드는 로맨스 무리들에게 짓밟혀
놀란 나방떼처럼 뿔뿔이 흩어지는 새빨간 꽃잎들!

어딜 가도 장미는 이미 다 지고 없는데

아이스바 사랑

그녀는 나를, 어리디어린 나를 개목걸이에 걸어 창가에 묶어두었어요. 세상에서 가장 부드러운 빵을 만드는 빵집 아저씨와 세상에서 가장 질기고 아름다운 구두를 만드는 구둣방 아저씨를 번갈아 만나야 했거든요. 사랑은 징벌이야, 우리는 누구도 혼자 살지 못하도록 벌받은 존재들이야. 나는 그녀의 징벌 때문에 날마다 개목걸이에 개처럼 묶여 멍하니 창문 너머 세상을 구경해야 했어요. 매일매일이 똑같은, 오백원짜리 아이스바처럼 단순하고 시시콜콜한 나날의 연속이었어요.

참다못한 나는 그녀에게 소리쳤어요. 창문 대신 책을 갖다달라고. 아아, 채―액! 그녀는 아버지가 버리고 간, 개목걸이에 묶여 하루종일 독서하는 어린 소녀, 라는 책을 휘―익 내게로 던졌어요. 나는 매일매일 그 책을 읽었어요. 그러곤 그녀가 아저씨들이랑 땀 뻘뻘 흘리며 침대 시트를 더럽힌 후 가져오는 세상에서 가장 부드러운 빵과 세상에서 가장 질기고 아름다운 구두를 먹고신고먹고신고…… 하면서 훌쩍! 훌쩍! 자라났어요.

반쯤 자란 내게 그녀는 개목걸이 대신 이제 지폐를 주며 나를 밖으로 내몰았어요. 내가 있던 자리에 커다란, 아주 커다란 침대를 들여놓아야 했거든요. 나는 그녀가 준 돈으로 시시껄렁한 담배도 피우고 멋대가리 하나 없는 남자아이들과 술도 마셨어요. 그러나 내 눈에는 언제나 개목걸이에 묶여 하루종일 독서하는 어린 소녀만 보였어요. 호호 입김만 불어도 금세 줄줄 녹아내리는 오백원짜리 아이스바 같은,

  그래도 나를 이만큼 키운 건 그녀의 징벌 같은 사랑이고 내 몸을 살찌우는 건 빵집 아저씨와 구둣방 아저씨의 줄줄 녹아내리는 아이스바 사랑이니, 싫어도 어쩌겠어요. 우리는, 그 누구도, 혼자서는 살지 못하는 벌받은 족속들이라는데, 나는 평생 보이지 않는 그녀의 개목걸이를 목에다 걸고 육체가 영혼을 벗어던지는 그 순간까지, 내 역할을 다할 수밖에요. 아이스바처럼, 아이스바 사랑으로, 줄줄 내가 다 녹아 없어질 때까지, 줄줄……

당신의 진짜 얼굴

당신의 진짜 얼굴은 어디에 있습니까? 수백만 송이송이 촛불들이 당신의 진짜 얼굴을 보여달라고 외칩니다. 그런데도 당신은 아직도 어느 것이 당신의 진짜 얼굴인지 몰라 침묵중입니다. 아니 우리에게 보여줄 얼굴이 없습니다. 당신은 한 번도 진실해본 적이 없어 진짜가 무엇인지도, 그것을 어떻게 보여줘야 하는지도 모릅니다. 당신은 오로지 당신밖에 몰라 자신에게 말을 걸 줄도, 말을 걸어오는 사람들에게 어떻게 대처해야 하는지도 모릅니다. 날마다 당신은 거울 앞에 앉아 당신의 얼굴에 타인의 잔영이 조금이라도 비치기만 해도 참지를 못합니다. 당신의 눈은 이미 어떠한 배려도 없이 얼음장처럼 차갑고 매끄러운 당신의 심장 속에서 눈먼 지 오래, 그 눈에는 아무도, 아무것도 존재하지 않습니다. 그 때문에 당신은 누군가의 조그만 함성, 항의에도 화들짝 놀라 그들의 목을 단칼에 내리치고, 흘러내리는 그 피에 짙은 권력의 야광을 한 겹 더 입힙니다. 우리는 한 번도 그런 권력을 가진 적도 탐한 적도 없어 우리 얼굴에 생기는 역경의 주름 한 줄, 환희의 보조개 하나하나에도 솔직하게 반응하고 감수하며 우리만의 얼굴을 지키지만, 당신은 당신 얼굴의 부귀만을 위해 당신이 저지른 죄와 악덕으로 바리케이드를 치고 온갖 종의 늑대들을 불러모아 가진 것 하나 없는 우리들의 그 평범하고 소박한 얼굴까지 빼앗고, 짓밟고, 유린하고, 약탈해갑니다. 마치 우리에 갇혀 있는 사자는 안전하니까 그 사자에겐 마음놓고 돌을 던져도 된다는 듯 당신은 섬섬옥수 같은 당신의 미소를 사방에 뿌리며 평생 노력한 우리의 풍요와 자유를 줄줄이 가로채갑니다. 그러고서 당신은 유령처럼 웃고 있습니다. 수백만 송이송이 촛불이 흘리는 피눈물 뒤에서 믿을 수 없이 섬뜩하게 웃고 있는 당신의 얼굴. 그 얼굴이 당신의 진짜 얼굴입니까? 아니면 아예 처음부터 진짜 얼굴이란 게 없는 유령의 얼굴이 당신의 진짜 얼굴입니까? 당신의 진짜 얼굴이 보고 싶어 오늘도 우리는 당신의 칠흑 같은 밤 앞에서 수백만 송이송이 촛불에 불을 붙입니다. 당신의 얼굴을 보여주세요. 당신도 우리처럼 인간이라면, 인간의 심장을 가졌다면 제발 당신의 진짜 얼굴을 보여주세요. 우리에겐 더이상 당신에게 빼앗길 게 없습니다. 더이상 당신이 빼앗아갈 게 없습니다. 그러니 당신이 약탈해간 우리의 소중한 얼굴을 되찾아와야겠어요. 수백만 송이송이 촛불처럼 환한 우리의 진짜 얼굴, 존엄한 인간의 얼굴을······

꿈같이, 꿈만 같이

만약, 통일이 된다면 그런 꿈같은 날이 온다면
백석 시인이 「백화(白樺)」를 쓴 그곳으로 달려가
산 너머로 평안도 땅이 보인다는 그 산골로 달려가
집도 대들보도 기둥도 문살도 다 자작나무인 그 집으로
달려가
사방팔방이 다 자작나무 숲으로 둘러싸인 그 산골로 달
려가
백석 시인, 백석 시인, 이제사 남북통일이 되었소
그대 시만 읽으면 군침이 돌던
자작나무로 삶은 메밀국수 한 그릇과
감로같이 달달하던 그 우물물 맛 좀 보여주소
남북통일이 되면 맨 먼저 이곳으로 달려오고 싶었소
이곳에서 세상 같은 건 더러워 버린 그대와
아름다운 나타샤와 흰 당나귀, 멀리서 캥캥 우는 여우 소
리와
자작나무 조잘조잘 울리는 출출이* 노랫소리 안주 삼아
이제사 찾아온 남북통일, 그 그립고 무정했던 설움에 기
대앉아
혼자 쓸쓸히 마시는 소주가 아니라
다 함께 환하게 소주잔 기울이고 또 기울이고 싶소
밤 깊어 눈이 푹푹 내려 쌓여도 좋고
가까이에서 복장노루 한 마리 스스로웁게 울어도 좋고
멀리서 김 냄새 나는 비가 쏟아져도 좋소

116

그대와 함께 넘치도록 시의 술잔 주고받으며
통일되어 뜨겁고 벅찬 가슴
밤새도록 응앙응앙 울어보고 싶소
자작나무 숲에서 온통 자작나무뿐인 숲에서
남북을 무섭게 가로지르던 그 서러운 정기,
그 뼈아픈 철조망이 사라진 곳에서
꿈같이, 꿈만 같이

* 뱁새.

세상에서 가장 친절한 사람

세상 도처에 널려 있는 불친절과 비틀림 너무너무 지긋
지긋 징그러워

나 혼자만이라도 세상에서 가장 친절한 사람이 되기로 했
어요.

만나는 사람마다 방긋방긋 인사하고, 마치 친절나무인 양
그 열매 뚝뚝 따먹게 하고 싶어요.

더이상 못 견디겠어요. 불평, 불만투성이 모든 거짓들. 정
말 지긋지긋 지루해요. 누구에게든 나눠주고 싶어요, 반짝
반짝 웃는 사랑과 행복.

친절이 별건가요? 사랑이 별건가요? 무한정 뿜어내어 듬
뿍듬뿍 주고 싶어요. 원하는 대로 골고루 나눠주고 싶어요.

태어날 때부터 갖고 나온 친절한 마음, 광(光)도 한 번 못
내보고 녹슬면 무엇 하나요? 모두에게 골고루 다 나눠주고
싶어요.

친절과 사랑이 무슨 광기(狂氣)나 되는 듯 입 꼭 다문 쇠
창살 같은 표정들. 이젠 정말 지긋지긋하지 않나요? 해바라
기처럼 웃으며 한세상 건너간다 하여 인품이 인생에서 줄줄
새는 건 아니잖아요?

"친절하라. 네가 만나는 모든 사람들이 힘든 싸움을 하고 있으니"라고 플라톤도 말했잖아요.

나 혼자만이라도 그렇게 살래요. 세상에서 가장 친절한 사람.

나비들의 귀환

나비들이 날아온다.
호랑나비, 노랑나비, 부전나비, 상제나비, 멧노랑나비, 붉
은점모시나비, 큰수리팔랑나비, 암검은표범나비, 뱀눈없는
지옥나비……

온종일 바라보고 바라보아도 눈에 다 넣을 수 없는 아름
다움!

봄날의 향긋한 공기처럼 부드럽고 달달한 햇살처럼
꽃에서 꽃으로 나비들이 날아온다.

날아오면서 마법과도 같은 그 신비한 날갯짓으로
눈앞의 풍경들을 모두 살아 있는 꽃밭으로 만들어놓는다.

이제 나비들은 그 꽃밭에서 사랑만 하리라.
오직 사랑만……

무위의 기쁨, 시인의 삶

구모룡(문학평론가)

「미스터리」는 예외적일 만큼 짧은 시편이다. 내가 주목하
는 바는 특별한 단형 형태가 아니라 이토록 간명하게 자신
의 시적 의미를 진술한 데 있다.

　　모든 꽃은
　　피어날 땐 신을 닮고
　　지려 할 땐 인간을 닮는다

　　그 때문에
　　꽃이 필 땐 황홀하고
　　꽃이 질 땐 눈물이 난다
　　　　　　　　　　　　　　　　—「미스터리」 전문

　개화의 황홀과 낙화의 비애를 신과 인간의 현상으로 대비
하는 의미로 읽을 수 있다. 하지만 신과 인간의 단순한 이
분법이 아니다. 하나의 식물에서 신과 인간을 모두 본다. 여
기서 신이 도달할 수 없는 이상, 완성 나아가 궁극을 의미한
다면 인간은 한계, 미완성 나아가 소멸을 뜻한다 할 수 있
겠다. 한 나무에서 꽃이 피고 지듯이 인간에게도 자기 안의
신은 있다. 그러나 이는 현전하지 않는 잠재력으로만 존재
할 뿐이다. 신의 위치에서 도로(徒勞)에 그칠 뿐이라고 하
더라도 인간은 끊임없이 가능성을 향해 전진한다. 시는 이
러한 인간의 불가능한 과정을 노래한다. 결코 도달할 수 없

는 지평을 향한 슬픈 존재의 노래이다. 황홀한 꽃은 시인의
표상이 아니며 지는 꽃이야말로 시인이 느끼는 삶의 진실
한 표정이다.

　시인은 어떠한 존재이고 어떠한 삶을 사는가? 김상미의
시편에는 유독 이러한 질문이 많다. 그는 시인으로 살아온
자신의 시인됨을 끊임없이 되묻는다. 가령 '시인 앨범' 연작
을 위시하여 「내일의 시인」이나 「문학이라는 팔자」 등을 통
하여 알 수 있다. 그는 「문학이라는 팔자」에서 여덟 명의 문
인을 예거한다. 아르튀르 랭보, 로베르트 발저, 실비아 플라
스, 아틸라 요제프, 윤동주, 샨도르 마라이, 하트 크레인, 프
리모 레비이다. 이들 문인은 하나같이 불우한 삶을 겪고 요
절하거나 자살하거나 죽임을 당했다. 시 속 화자의 입을 빌
려 시인은 "모두 내가 사랑한 문학, 잉크보다 피에 더 가까
운 문학, 세사르 바예호의 시구처럼 '신(神)이 아픈 날 태어
난' 팔자들"이라고 말한다. 이들을 소환한 의도를 다음처럼
진솔하게 진술한다.

　　나는 내가 나 같지 않고, 삶이 삶 같지 않고, 문학이 문
　학 같지 않고, 친구나 동료가 친구나 동료 같지 않고, 내
　가 알던 정의신념가치사랑 같은 숭고한 단어들이 내가 모
　르는 비릿한 단어들로 변해 세간에 마구 유통될 때, 내 존
　재가 한없이 작아지고 초라해져 온몸과 온 마음에 비통과
　회한뿐일 때, 이 여덟 명의 작가들을 만나러 간다. 그들

의 팔자를. 문학에 있어서나 삶에 있어서나 더럽게 불운
하고, 더럽게 치열하고, 더럽게 품격 있고, 더럽게 자존이
강했던 그들의 팔자. 나 자신이 위로받으러 갔는데, 오히
려 내가 감화되어 울고 나오게 되는 그들의 팔자. 그런 팔
자임에도 그 지독한 불운과 죽음을 훌쩍 뛰어넘어 지금도
반짝반짝 빛이 나는 그들의 문학. 그 시퍼런 도끼날에 세
례를 받고 오면, 내 팔자 또한 더럽게 춥고, 어둡고, 외롭
고, 고달파도, 그들과 함께 계속 문학 속에서 살아갈 수 있
다는 희망에 뜨거운 피가 솟구친다. 그 어떤 곳보다도 팔
자 사나운, 문학이라는 한 장소에서, 동시에!

—「문학이라는 팔자」 부분

고백적 어조에 결연한 태도가 도드라져 뚜렷한 의도를 반
영하는 시적 진술이다. 다소 장황하게 이 부분을 인용한 까
닭은 문학과 시에 관한 시인의 입장 때문이다. 시인은 위로
를 받고 감화되며 희망을 발견하게 해준 여덟 명의 문인을
내세운다. 각기 다른 삶과 문학을 산 이들이지만 "문학에
있어서나 삶에 있어서나 더럽게 불운하고, 더럽게 치열하
고, 더럽게 품격 있고, 더럽게 자존이 강했던 그들의 팔자"
를 느끼게 한다. 여덟의 전범(典範)은 시인에게 문학과 시
가 자신의 운명임을 의뢰하는 대상이 된다. 단순한 동일시
나 과장이 아니라 "그 지독한 불운과 죽음을 훌쩍 뛰어넘어
지금도 반짝반짝 빛이 나는 그들의 문학"이 던지는 "희망

에 뜨거운 피가" 솟구치는 데서 비롯한다. 바로 문학이 생의 의지와 가능성의 "장소"가 되고 있기 때문이다. 시인인 자신의 팔자소관이나 순명의 태도를 애써 말하고자 함이 아니다. 생이 다하도록 나아가 죽음을 넘어서도 문학을 추구하겠다는 결연한 의식을 표출한다. 이러한 의식은 「내일의 시인」속 "진정한 시인은 이 세상을 버리기로 한 날 밤에 다시 태어나 버섯 향기 물씬 풍기는 비에 젖은 숲에서 달빛을 만들어내는 사람"이라는 시인관과 연결된다. 또한 "시란 내가 이 세계에서 어떻게 시간을 보내느냐에 달린 나의 문제"라는 시관과도 관련된다. 이러한 시인관과 시관에 앞서 "시를 모른다는 건 존재의 가장 큰 비극"이라는 인간관이 제시되어 있다. 삶의 최종심급이 시이며 이러한 시에 투신하는 시인이 최선이라는 입장의 표출이다. 이는 철 지난 낭만주의의 반복이 아니다. "무정한 사람들"의 "슬픈 시절"에 "불쾌한 광기"가 떠돌고 "따분함"과 "무의미"가 장악한 "현대적인 것"을 넘어 "햇빛 잘 드는 창"을 열고서 "희망"의 "빛"을 갈구하는 수행이다. 그러니까 시를 쓰는 일은 시를 방기하고 시에 무지한 현대의 비극에 저항하는 실천 행위가 된다. 이러한 가운데서 다음과 같은 갈망을 표출한다.

> 아무도 읽지 않는 시를 쓰고 싶다
> 그 시를 읽으면 모두가 죽어버리는 시를 쓰고 싶다
> 아니다, 모두가 다 읽는 시를 쓰고 싶다

그 시를 읽으면 죽어가던 것들도 생생히 되살아나는 시
를 쓰고 싶다

　꿈같은 일이다

　아무리 좋은 시에 발 동동 굴리며, 간절히 원하고, 주
먹을 쥐고,
　훔치고, 질투하고, 탐하고, 절망하고, 애를 써도
　나는 내가 쓰고 싶었던 그런 시를 쓰지 못하고
　이 시도 저 시도 다 쓰레기 같아
　활활 타오르는 시어들의 모닥불 속에 모두 던져버린다

　그러나…… 그럼에도
　머리에서 발끝까지 제대로 입히고 먹여줄 게 시밖에 없어
　뜬구름 잡듯 또다시 펜을 집어든다

　이 우주에 시 아닌 것 있으면 나와보라고
　절망에 눈이 먼 채로 큰소리치며
　돈키호테가 풍차를 들이박듯 용감하게
　있는 대로 아드레날린을 발기시키며

　허기지고 굶주린 시 속으로
　미치고 미치다 꺼꾸러진 희디흰 뼛가루

그 위에 던져진 한 떨기 백합처럼
결코 나를 놓아주지 않을 시 속으로……
　　　　　　　　　—「시인 앨범 7」 전문

　이처럼 도저한 시인의 삶이 있을까? 이처럼 극단의 시를 갈망할 수 있을까? 읽는 이를 죽이거나 살리는 시가 있을까? 이를 신의 영역에 있는 시라고 할 수 있겠고 신비의 경지라고도 하겠다. 삶과 죽음의 경계를 넘어서는 시에 대한 시인의 갈망은 불가능, 한계, 무기력, 허기의 정동에 사로잡히게 한다. 도달할 수 없는 힘으로 인하여 인용한 시편의 3연처럼 허무에 이르는 자가당착을 반복한다. 그러나 "머리에서 발끝까지 제대로 입히고 먹여줄 게 시밖에 없"는 존재의 조건이라면 할 수 없음이 오히려 잠재력이 되어 시작을 추동한다. 시에 들리고 시에 몰입한 시인의 삶은 "돈키호테"처럼 비대한 자아의 모습으로 비칠 수 있다. 하지만 결코 낳을 수 없는 시의 지평을 염두에 둔다면 시인은 돈키호테가 아니라 끊임없는 과정의 고행자에 가깝다. 식어버리거나 타버릴 열정이 아니라 죽음 이후에도 남을 열망을 지녔다고 하겠다. 그렇기에 모든 시편은 항상 "허기지고 굶주린 시"에 불과하다. "결코 나를 놓아주지 않을 시 속으로" 간단없이 투신할 수밖에 없다. 이처럼 김상미는 시에 생애를 기투하는 시인의 초상을 그려놓고 있다. 이는 단지 그가 경험하는 시인의 얼굴을 말함이 아니며 오히려 자기의 진실한 표정에 가깝다. 그만큼 의도한 "고백"(「내일의 시인」)
의 발화 형태이다.

「시인 앨범 6」이 말하듯이 시 혹은 쓰는 행위는 세계에 대
한 절망이나 환멸에 대응하는 방식이다. 달리 말해서 이는
하나의 저항의 형태이다. "너는 쓴다, 쓰고 또 쓴다/ 인간이
라는 애틋한 조난 신호탄에 끝없는 폐허로 입맞춤하며/ 결
코 끝나지 않을 벽 뒤의 도시,/ 그 참혹한 꽃밭에서!"라고
결구는 진술한다. 단절이나 폐허의 감각은 오히려 시의 동
력이다. 성급한 화해나 위장된 순응이나 도금한 희망이 아
니라 도시적 삶의 화려함, 치장한 가면의 허위, 온갖 제도와
관습이 내려앉은 일상, 지배와 착취를 반복하는 관계, 타락
한 말의 반대편에 시적 수행이 자리한다. 김상미가 느끼는
허기, 결핍, 폐허의 정동은 바로 시가 현실에서 부재 원인
이 되고 있음을 직절(直截)하게 말한다. 그러니까 그는 아
직 없는 시를 찾는 수행을 그치지 않는다. 그런데 이와 같은
시적 수행은 세속의 가치와 무연하다. 앞서 「문학이라는 팔
자」에 등장하는 여덟 문인이 세계와 부딪혀 존재의 극단에
이르렀듯이 그 또한 지금-이곳에 존재하지 않는 의미와 가
치를 만나고자 한다. 물론 이는 예감과 미지의 사태를 추구
함을 의미하지 않는다. 적어도 그는 쉽게 희망과 내일을 말
하지 않는다. 기지든 미지든 세계의 장벽을 뚫고 나아가는
시의 힘 혹은 잠재력을 갈구한다. 또한 그가 랭보나 최승자
를 그리고 하이네를 내세우는 까닭이 여기에 있다. 그는 최

승자 시인을 "오랫동안 남자들의 시선에 지배 감금당했던 시를/ 과감히 버리고/ 오로지 자신의 시선으로 자신만의 목소리로/ 뜨겁고 명료하고 대담한 여성 시를 창조한 시인"으로 이해하고, "멀리에서 바라만 보아도 빈 배처럼 우아하고/ 드넓은 평원에 핀 야생화처럼/ 너무나도 자유로운!"(「최승자 시인」) 표상으로 바라본다. 최승자를 매개로 시와 시인에 관한 그의 입장을 다시 천명한 셈이다. 이는 "앨버트로스"를 내세운 일과도 비견한다. "내 삶에 이보다 더 그립고, 더 멋진 이정표가/ 어디에 또 있으랴// 동트는 여명처럼 광대한 나만의 도취, 나만의 환상/ 앨버트로스!"(「앨버트로스」)에서 시인의 표상으로 보들레르가 앨버트로스를 내세운 일을 소환한다. 「너에게만 말할게—다시, 취한 배 위에서」는 랭보를 통하여 다시 시의 존재론적 위상을 되묻는다. 세계를 상실하고 존재가 제물이 되는 "절대 회의"를 경유하고 "시퍼런 절망이 뼈를 저미는 듯한 아픔이 아름다운 이름들을 한줌 민지로 추추 날러보"내며 세게로부터 도주하면서 "아직 쓰이지 않은 시들이 수확할 시기를 채찍질하며 눈부신 후광을 내뿜고 있"는 상황으로 나아간다. 그러니까 시는 세계 내 존재의 자유에 한정된 자기희생을 넘어서 완전한 야생의 자유로 걸어가는 과정에서 발현한다. 적어도 시인은 이와 같은 생각을 랭보의 입을 빌려 말하고자 한다.

성대한 회의는 연약한 후회를 갉아먹으며 내 자아와 예

술 사이의 얇디얇은 길을 웃음거리로 만들며 세상과 사람
들로부터 더욱 멀리 나를 떼어놓았어, 시퍼런 절망이 뼈
를 저미는 듯한 아픔이 아름다운 이름들을 한줌 먼지로
후후 날려보냈지만, 내 가슴엔 시가 아직 쓰이지 않은 시
들이 수확할 시기를 채찍질하며 눈부신 후광을 내뿜고 있
었어, 나는 앞으로 나아갔어, 비틀거리는 돛대를 바로잡
고 푸른 새싹들을 짓밟으며 계속 앞으로 나아갔어, 취한
배를 몰아갔어,

　그래도 아직은 살 만해, 내 가슴에서 익어가는 게 시인
지 시의 열매인지 아니면 새까맣게 여물어가는 죽음인지
이 멋지고, 사납고, 미치고, 광활한, 고삐 풀린 세상에게
한 번도 물어보지 않았어, 나는 얼마든지 내 젊음을 비워
가면서 아주 잘 익은 시의 골수를 텅 비어 있는 커다란 창
고 같은 내게로 몰아와야만 했어,

　오로지 말하고 싶다는 욕망만 있다면 누구든 내 말을 알
아들을 수 있을 거야, 스물한 살 꽃다운 나이에 취한 배에
올라타 사람의 애간장을 녹이는 희망이라는 독사떼들이
우글거리는 절망의 땅을 가로질러, 태어나 한 번도 쉰 적
이 없는 바다로, 바다로 하염없이 도망치면서도 나를 절
대 멈추지 않았어,

—「너에게만 말할게」 부분

이 시가 말하고 있듯이 현실세계로부터의 도주가 포기, 회피, 망명이 아님이 분명하다. 이는 그저 이편에서 저편으로, 이 세상에서 다른 세상으로 이월하는 존재를 의미하지 않는다. 이보다 세계를 통하여 입은 상처와 고통, 회의와 절망을 가로질러 앞으로 나아가는 저항의 모습이다. "내 젊음을 비워가면서 아주 잘 익은 시의 골수를 텅 비어 있는 커다란 창고 같은 내게로 몰아"오는 행위는 시를 위하여 삶을 희생하는 방식이 아니라 시로써 새로운 삶을 생성하는 과정이며, 존재와 분리된 대상이나 목표가 아니라 존재 그 자체의 내던짐이다. 물론 이럴 때 시는 이미 쓰인 시가 아니며 아직 쓰지 않은 시이다. 랭보처럼 시인은 어디에도 없는 시의 씨앗을 품는다. 그러니까 시는 "이 멋지고, 사납고, 미치고, 광활한, 고삐 풀린 세상"의 몫이 아니다. 여기에 몫이 없는 자가 시인이다. 시는 세계를 무로 돌리는 가운데 생성하는 힘이다. 「니에게만 밀힐게」는 「닌파선」이니 「불티는 도서관」과 그 선후는 알 수 없으나 이어진다. "사랑을 가지고도 아무 일도 하지 못할 때/ 나약한 인간들은 자신을 거세하고/ 사랑의 통증이 헌신적으로 심신을 좀먹는 걸/ 그냥 두고 즐기지만" 시인에겐 "끝없이 가라앉고 부서지면서도/ 서로를 열렬히 원"(「난파선」)하는 시가 있다.

  알렉산드리아도서관이 불타고 있을 때

131

나는 사라진 책의 역사를 읽고 있었다
나의 적이 가진 책은 곧 나의 적이다

알렉산드리아도서관의 모든 책들이
적이 되어 화염 속에서 죽어가고 있을 때
나는 하이네의 시집을 읽고 있었다
책을 태우는 곳에서는 장차 사람도 태우리라

알렉산드리아도서관이 모두 잿더미로 변했을 때
나는 읽고 있던 책들을 모두 지옥으로 던졌다
지옥은 인도(人道)를 벗어난 모든 지식이 끝나는 곳

그곳에서도 부르르 두 주먹 불끈 쥐고
불타고 있는 알렉산드리아도서관
나는 그곳으로 달려가 새까만 유령으로 변하고 있는
너를 꺼내오고 나를 꺼내왔다
                            ―「불타는 도서관」 전문

 이 시에서도 평생 심신의 아픔을 겪으면서 시대와 불화
하고 바깥으로 내몰린 삶을 산 하이네를 소환하고 있다. 시
속의 화자는 "사라진 책의 역사"를 읽고 "하이네의 시집"
을 읽는다. 그러면서 불타는 "알렉산드리아도서관"을 전경
화하여 책을 불태우는 세상을 떠올리며 "책을 태우는 곳에

서는 장차 사람도 태우리라"라고 생각한다. "알렉산드리아 도서관이 모두 잿더미로 변했을 때" 그곳은 "지옥"과 다를 바 없다. "지옥은 인도(人道)를 벗어난 모든 지식이 끝나는 곳"인데 그곳을 향해 "읽고 읽던 책을 모두" 던져버린다. 하지만 마지막 연에서 반전이 일어난다. "나는 그곳으로 달려가 새까만 유령으로 변하고 있는/ 너를 꺼내오고 나를 꺼내"온다. 랭보의 「지옥에서 보낸 한철」을 변용하면서 불타는 세계의 잿더미 속에서 건져올리는 존재와 시의 의미를 사유하고 있다. 이처럼 김상미의 시와 시인에 관한 입장은 견고하다. 시를 위하여 삶을 희생하는 낭만주의나 언어의 연금술에 몰입하는 미학적 완전주의를 동시에 배격한다. 김수영의 '온몸'의 시학을 더 진전하려는 듯 보일 정도다. 한편으로 지옥으로 변하는 세계를 살아내면서, 다른 한편으로 생성과 신생을 건져올리는 과정이다. 그러나 이는 서치라이트의 난폭한 빛 앞에서 사그라드는 반딧불이의 미광처럼 연약하다. 페히 혹은 지옥으로 기는 문서의 전망 앞에서 시인은 '오늘의 사람'이 되지 못한다. "여름이나 겨울이나 혼자 노는 어떤 소년, 자작나무를 타고 높이높이 올라갔다가 다시 땅 위로 내려와 시를 쓰고, 그 시를 햇볕에 말리려고 진심을 다해 자작나무를 휘어잡는 통 큰 바람소리를 온몸 온마음으로 지켜내는 한 소년. 내 어릴 적 그리운 구식 시인의 초상!"(「자작나무 타는 소년—L시인에게」)이라는 시인론처럼 그는 "구식 시인"의 편에 서 있다. 유교나 기독교는

대체로 타락사관을 기조로 삼는다. 본디 선한 인간은 그 욕
망과 세속에 훼손되고 파괴되어 마침내 사라지고 말 존재이
다. 시인은 이와 대척에 서 있는 존재이고 시는 멸망하는 세
계에 저항하는 발화이다. 이러한 생각은 김상미의 시편 도
처에 번득인다. 가령 「어제의 창문」을 보라. 이 시편에서 시
적 화자는 자신의 위치를 "나는 어제의 사람./ 어제의 여자,
어제의 사랑./ 모든 내일의 그림들을 끌어모아/ 어제의 벽
에 붙이는 사람./ 언제나 어제 속에만 기거하는 사람"으로
단정한다. "함께 노는 사람들도, 시도, 음악도, 놀이터도,
책도/ 모든 게 다 어제의 것들뿐./ 아무리 오늘의 태양 아래
나를 발가벗겨 세워놓아도/ 나를 비추는 건 오늘의 태양이
아니라 어제의 남은 빛들./ 어제의 꿈, 어제의 이야기들"이
라는 말이다. 사실 내일이나 미래는 오지 않은 시간이다. 이
시의 진술처럼 우리는 모두 과거에 살고 있다고 할 수 있다.
그런데 이 시가 이와 같은 일반적인 시간 의식을 말하고자
의도하진 않는다. 이보다 환멸과 비관의 세계 인식을 반영
한다. "내일의 피투성이 문명은 죽은 자들의 뼈 위에서 끊
임없이 세워질 테고/ 오늘의 피투성이 사랑은 그것을 토해
낸 자들의 입술 위에서 다시 태어날 테니// 나는 그저 어제
의 그 리듬대로 왈츠나 추며/ 검은 시간의 유리잔 안으로 하
염없이 쏟아지는/ 모래시계나 바라보는 사람"이라고 진술
한다. 단순한 회한이나 추억의 표백은 분명히 아니다. "어
차피 내일이란 뼛속까지 악해야만 살아남는 곳"이라는 세

계 인식을 전제한다. 이래서 시적 화자는 "그대들이 가차없이 닫아버린 어제의 창문"으로 세상을 본다. "세상 최악의 불청객인 내일의 빛들이/ 불타는 내 희망 속에 숨죽인 꿈들을 산산조각" 내는 현실이기 때문이다. 그러나 시인은 여전히 "아주 어린 소녀였을 때 읽었던 너의 시/ 언어가 처음 내게 입맞춤하며 들려주었던 아름다움의 끝집,/ 나와 너무나 가까워 마치 내가 나를 바라보는 것 같은/ 단 하나의 방"(「단 하나의 방」)을 간직하고 산다.

김상미의 시적 성실성(sincerity)은 세계에 대한 회의와 환멸을 미학으로 대체하지 않으며 도래할 파국을 정직하게 맞서는 데서 나타난다. 진정한 사랑, 자유, 생명은 멀어지고 고립, 허기, 갈증, 체념은 커진다. 이와 같은 시인의 심사에서 「거기, 누가 있나요?」라는 시편은 거의 절규로 들린다. "한 살, 한 살 먹은 나이 뒤/ 거기, 누가 있나요?/ 피는 꽃보다 지는 꽃이 더 많고, 꽃이 피어야 할 땐 가뭄이 계속 되는 내 가슴속/ 서기, 누가 있나요?"라는 진술로 시작하는 이 시편은 먼저 늙어감의 체념과 무연하지 않은 의미를 개진한다. 장 아메리가 말한, 저항과 체념 사이에서 방황하는 늙어감의 자아가 아니다. 여기에 더하여 곧 "내 안에서 사체처럼 썩고 있는 희망찬 말과 말 사이사이/ 거기, 누가 있나요?"라는 진술로 증폭한다. 참된 말에 대한 갈망이 현저하다. 불타는 혀로 세상이 잿더미가 되고 사람이 "유령"이 되고 있다는 도저한 현실 인식이다. 이러한 상황에서 시적 화자는 또 "밤낮으로 태양 대신 낮은 스탠드 불빛 아래/ 좋았던 사람들의 목 하나하나 치며 뭉크의 그림처럼 절규하는 그림자 뒤/ 거기, 누가 있나요?"라고 말한다. "참된 세상 호흡하지 못하고 죽어가는 사람들"은 "수치심"에 사로잡히고 "열망하는 마음을 통째로 빼앗긴" 상황에서 무엇을 할 수 없는 지경이다.

꿈에서조차 꺾이고 부러져 물구나무서서 세상 바라보는 재미조차 못 느끼는 비정의 뒷길
거기, 누가 있나요?
더러운 양아버지의 페니스를 입에 물고 피범벅된 공포로 흐느끼는 어린양의 요람 뒤,
거기, 누가 있나요?

누군지 모르지만 제발 정체를 보여줘요
세상의 착한 돼지들이 모두 썩은 옥수수밭을 달리고 있어요
세상의 어머니들이 모두 젖꼭지에서 검붉은 피를 철철 흘리고 있어요
사악한 영혼, 싸구려 환상들이 푸른 나무들을 좀먹고 분노한 바다들이 다정한 배들을 삼키고 있어요
철없는 아이들의 얼굴이 출세로 살균된 어른의 얼굴처럼 모두 백지장으로 변해가고 있어요

그런데도 거기, 그림자의 그림자처럼 숨죽여

세상 나쁜 뱀이란 뱀은 모두 다 불러모아 다시 풀어주
고 있는

거기, 누가 있나요?

거기, 누가 있나요?

—「거기, 누가 있나요?」 부분

그야말로 난폭하고 비정한 세계이다. 난폭한 아버지가 지
배하는 현실은 여성, 약자, 소수자의 고통에 무감하다. 폭
력을 재생산하는 무통 문명은 대지를 병들게 하고 "어머니"
로 표상되는 생명을 죽인다. "사악한 영혼, 싸구려 환상"이
"푸른" 희망을 짓밟는다. 꿈도 사라지고 결핍을 타고난 "철
없는 아이들의 얼굴이 출세로 살균된 어른의 얼굴"을 닮는
다. 타락한 폭력의 아버지와 슬픔의 어머니가 사는 세상에는
'참된 삶'[1]이 없다. 집과 거리는 불에 타 잿더미가 되고 미래
는 사라지고 만다. 그러니까 "거기, 누가 있나요?"라는 시
적 화자의 절규에 가까운 물음은 시인 자신은 물론 우리 모
두에게 던지는 질문이다. 시인은 자기 자신뿐만 아니라 사
회와 관계의 허위에 저항한다. 「우유부단」이 전하듯이 "돈
몇 푼에 한줌 남은 내 소중한 햇빛을 헐값에 팔아넘긴" 생

---

1) 알랭 바디우, 『참된 삶』, 박성훈 옮김, 글항아리, 2018.

활을 한탄하며 "이십칠층에서 뛰어내릴 용기는 도저히 없어/ 인정이라고는 눈곱만큼도 없는 시스템 아래/ 부지런히 재봉틀을 돌리고 빳빳하게 다림질을 하고 있어/ 뻔히 보이는 진실을 눈뜨고도 못 본 척 조심조심/ 목구멍이 포도청이라 별수없이 매일매일/ 우유부단에 찬란한 봄날을 타 마시듯이!" 일상적 삶을 아프게 수락한다. 하지만 하지 않거나 할 수 없는 힘은 소중하다. 저항으로 소진되기보다 잠재력으로 버티는 "소중한 햇빛"이 중요하다. 조르조 아감벤은 '무위의 시학'을 말한 바 있다. "인간의 모든 활동을 무위적으로 만드는 기능의 탁월한 모델"이 시라는 말이다. 그는 "솔직히 말해 시란 소통 기능과 정보 교환 기능을 해체하고 무위적으로 만들면서 이들의 새로운 사용 가능성을 제시하는 언어 활동이 아니라면 또 무엇이겠는가?"라고 반문한다.[2] 그러니까 김상미가 「우유부단」에서 말한 "우유부단"이 시인의 잠재력으로 작동할 수 있다는 해석을 가능하게 한다. 자기와 세계와 맞서 저항하는 삶은 피로하며 소진하기 쉽다. 그러나 결핍의 형태로 존재하는 잠재력은 지속적인 창조 행위로 이어진다.

  녹은 쓸쓸함의 색깔
  염분 섞인 바람처럼 모든 것을 갉아먹는다

---

2) 조르조 아감벤, 『불과 글』, 윤병언 옮김, 책세상, 2016, 91쪽.

세상을 또박또박 걷던 내 발자국 소리가
어느 날 삐거덕 기우뚱해진 것도 녹 때문이다

내 몸과 마음에 슨 쓸쓸함이
자꾸만 커지는 그 쓸쓸함이
나를 조금씩 갉아먹었기 때문이다

아주 오래된 건물에 스며드는 비처럼
아무리 굳센 내면으로도 감출 수 없는 나이처럼
녹은 쓸쓸함의 색깔
흐르는 시간의 사랑 제때 받지 못해
창백하게 굳어버린 공기
　　　　　　　　　　　—「녹(綠)의 미학」 전문

　녹을 "쓸쓸힘의 색깔"로 여긴다. 어기서 "쓸쓸함"은 소진
되고 "감출 수 없는 나이처럼" 늙어가는 자아의 표정일 수
도 있다. 이것은 자기 안에도 있고 바깥에도 있다. 내부와
외부를 관류한다. 사회적 관계에 스며들어 "모든 것을 갉아
먹는" 현상으로 보아도 되겠다. 세상을 향하여 "또박또박
걷던" 자아를 기울게 만들고 "흐르는 시간의 사랑 제때 받
지 못해/ 창백하게 굳어버린 공기"처럼 관계가 경화되며
"쓸쓸함"이 안팎을 지배하는 정조가 된다. 이러한 "녹"은

이중성을 지닌다. 그 하나는 자연스러운 소멸이고, 다른 하나는 마르크스가 말했듯이 모든 단단한 것을 녹이면서 폭력적인 질서로 가는 과정이다. 물론 시인의 관심은 전자에 있다. 이러한 무위의 "쓸쓸함"은 저항의 대상이 아니라 조금 비약한다면 자연으로 가는 궁극적인 기쁨의 지점이다. 그래서 그것은 "녹의 미학"으로 격상하며 「다중 자화상」이 말하는 "소금 기둥 속 설탕 그릇"으로 표현되는 역설로 나아간다. "오만한 미래를 짓이기고/ 그립다, 그립다 뒤돌아보는 바람으로/ 소금 기둥 만들어"내지만 그 속에 생의 달콤함을 간직한다. 이러한 자아는 할 수 있음으로 저항하고 할 수 없음으로 살아간다. 나아가서 "어제도 오늘도 내일도 없이/ 죽은 자가 남기고 간 건물 위에/ 새집을 짓고/ 나에게 있는, 나만이 가진 재료로/ 날마다 지구를 돌고/ 지구 위에 남은 내 흔적을" 지운다. 저항의 에너지를 줄이면서 무위를 늘려가는 형국이다. "죽어도 산 것 같고 살아도 죽은 것같이/ 너를 사랑하고 그런 눈으로 사람들을 바라보는" 관조에 이르며 마침내 "천국과 지옥이 한줌 먼지처럼 너무나 공허해서/ 날마다 울부짖으며 천 갈래 만 갈래로 찢어져/ 마침내 죽는 사람"이 되고자 한다. 이처럼 시인은 저항과 소진, 무위와 무의 지평으로 자아를 확장한다. 아름다운 경계이자 장관이다.

  김상미의 시는 세태와 현실을 비판하고(「포커 치는 개들」 「분노하는 지구」 「가짜 뉴스 아웃!」 「지독한 게임」)

폭력(「보이지 않는 아이들」「부상당한 천사」「아이스바 사랑」), 위선과 가짜(「당신의 진짜 얼굴」), 좀비의 세계상(「살아 있는 시체들의 나라」)을 보여주는 한편, 여성의 가치(「한겨울, 버섯 요리를 하며」), 나이듦의 의미(「녹의 미학」), 진정한 자유(「7월의 심장」), 삶의 궁극(「또다시 바다, 바닷가에서」)을 묻는다. 간혹 「엄마의 통장」이나 「그리운 아버지」와 같은 가족 이야기나 「바얀 고비에서」와 「파리에서」와 같이 먼 곳의 여행이나 그로써 비롯하는 그리움을 서술하기도 한다. 「문어탕」이나 「나무늘보」 그리고 「해파리」처럼 사물에 의탁하여 인간을 풍자하고 참된 삶의 의미와 가치를 환기하기도 한다. 하지만 「문어탕」에서 "멋진 시"를 떠올리고 「분노하는 지구」에서 "야만과 악행, 고통으로 얼룩진/ 인간의 역사"로 인해 희생당하는 시인의 모습을 부각한다. 대체로 김상미의 시세계에서 시인과 시라는 주제는 그 중심과 가장자리를 차지하고 있다. 그는 단독자로서의 시인이라는 문제의식을 항상 견지한다. 그래서 시와 삶은 분리되지 않으며 그의 시는 이러한 시인으로서 삶의 문제를 이해하고 설명하는 과정으로 나타난다. 「동네 서점에서」나 「별이 빛나는 밤」처럼 사소한 일상에서조차 시인은 시를 중요한 사건으로 인식한다. 「반성」은 시가 삶의 척도이자 궁극임을 관계의 구체적인 과정을 통해 보여준다.

「또다시 바다, 바닷가에서」는 "언제부터인가 나는 바닷가에서 살아요/ 바다는 영원 같아요"라는 구절로 시작하여

"이제 육지는 내 소속이 아니에요"라는 진술을 거쳐 "온몸으로 바다가 집인 모든 것들을 그리워하며/ 끈질기게 육지에 예속된 숨을 곳 없는 내 발자국들을 지워요"라는 발화로 이어진다. 이러한 지향의 계기는 "육지는 이제 너무나 거대한 무역 시장/ 나는 더이상 그곳에서 살 것이 없어요/ 사고 싶은 것이 없어요"라는 구절과 연관한다.

먼바다에서 불어오는 소금기 많은 바람에 내 삶을 하나하나 증발시켜요
얼마나 편안하고 경이로운지
누워서도 앉아서도 다 들려요
깊은 바다에 얽힌 전설들
사이렌들의 바위, 불멸의 리바이어던
바다 마녀 키르케와 바다 괴물 크라켄
감동적인 만타가오리와 청어떼의 놀라운 대이동, 무지갯빛 조가비
거침없이 물속의 하늘을 날아다니는 크고 작은 물고기떼들
바다는 꿈속 같아요
타는 듯한 갈증으로 강렬하게 수평선 자락을 움켜잡는 위험하고 광활한 꿈
언제부터인가 나는 그 바닷가에서 살아요
매일매일 즐겁게, 내 피와 뼈들이 심해로 하얗게 가라

앉는 걸 바라봐요

　　　　　—「또다시 바다, 바닷가에서」부분

　바다는 "타는 듯한 갈증으로 강렬하게 수평선 자락을 움켜잡는/ 위험하고 광활한 꿈"이지만 모든 생명과 자유 그리고 자발성의 거처라 할 수 있다. 시적 화자는 "언제부터인가 나는 그 바닷가에서 살아요"라고 말함으로써 육지와 바다가 편리한 이분법 혹은 이항 대립의 의미가 아님을 말한다. 자연스러운 존재의 전환이자 이월이라 생각한다. 저항의 삶이 무위의 삶으로 나아가는 과정이다. 이러한 가운데 무위의 시학이 그 숨은 얼굴을 현시한다. "갈수록 자연이 되어가는 여자"(「한겨울, 버섯 요리를 하며」)가 되려 하기 때문이다. 이제, 시인의 삶이 무위의 기쁨으로 충만하게 될지도 모를 일이다.

김상미 1990년『작가세계』를 통해 등단했다. 시집으로 『모자는 인간을 만든다』『검은, 소나기떼』『잡히지 않는 나비』『우린 아무 관계도 아니에요』가 있다. 박인환문학상, 지리산문학상, 전봉건문학상을 수상했다.

문학동네시인선 183
갈수록 자연이 되어가는 여자
ⓒ 김상미 2022

1판 1쇄 2022년 12월 2일
1판 2쇄 2023년 3월 20일

지은이 | 김상미
책임편집 | 오윤
편집 | 서유선 김내리
디자인 | 수류산방(樹流山房)
본문 디자인 | 이주영
마케팅 | 정민호 김도윤 한민아 이민경 안남영 김수현 왕지경 황승현 김혜원
브랜딩 | 함유지 함근아 김희숙 고보미 박민재 박진희 정승민
제작 | 강신은 김동욱 임현식
제작처 | 영신사

펴낸곳 | (주)문학동네
펴낸이 | 김소영
출판등록 | 1993년 10월 22일 제2003-000045호
주소 | 10881 경기도 파주시 회동길 210
전자우편 | editor@munhak.com
대표전화 | 031) 955-8888 팩스 | 031) 955-8855
문의전화 | 031) 955-2696(마케팅), 031) 955-8864(편집)
문학동네카페 | http://cafe.naver.com/mhdn
인스타그램 | @munhakdongne 트위터 | @munhakdongne
북클럽문학동네 | http://bookclubmunhak.com

ISBN 978-89-546-9842-9 03810

* 이 책은 서울문화재단 '2018년 문학창작집 발간 지원사업'의 지원을 받아 발간되었
  습니다.

잘못된 책은 구입하신 서점에서 교환해드립니다.
기타 교환 문의: 031) 955-2661, 3580

www.munhak.com

문학동네